駒子さんは出世なんてしたくなかった

碧野 圭

PHP
文芸文庫

○本表紙デザイン＋ロゴ＝川上成夫

駒子さんは出世なんてしたくなかった　＊　目次

1

水上駒子《みなかみこまこ》の朝は、一杯の珈琲から始まる。

と言うと、まるでCMのようだが、ほんとうにそうなのだ。洗面所で顔を洗ってリビングのドアを開けると、珈琲の芳醇《ほうじゅん》な香りが鼻をくすぐる。

「おはよう。今朝もうまく淹《い》れられたよ」

夫の達彦《たつひこ》が、得意げに駒子にマグカップを差し出し、にっこり笑う。駒子が洗面所を使う水音を合図に準備をするから、毎朝ベストなタイミングで珈琲が出されるのだ。それを受け取って、ダイニングテーブルに着く。自分に注がれる達彦の視線を感じながら、カップに口をつける。口の中いっぱいにカフェインの旨みが広がり、香りがふんわりと鼻へ抜けていく。

「うーん、おいしい！　また腕を上げたんじゃない？　今日のは一段と香りがいいね」

「あ、わかっちゃった？　さすが、違いのわかる駒子さん。今日の豆はいつもよりグアテマラの配合を多くしてるんだ」

期待どおりのコメントだったのだろう。達彦の鼻の孔《あな》がふくらんでいる。

「そっか。それでコクが増してるんだ」

「うん、この配合もいいよね」

「いい、いい。これならお金取れるよ。そこらのカフェよりずっとおいしい」

まんざらお世辞でもない。凝《こ》り性《しょう》の達彦は近所の珈琲専門店に通いつめ、店長と親しくなって、珈琲の上手な淹れ方から豆の焙煎《ばいせん》の仕方まで教えてもらったのだ。チェーン店でバイトの子が淹れる珈琲よりも、はるかにレベルが高い。

「駒子さんったら、褒め上手なんだからン」

照れ隠しなのか、達彦はふざけた口調で答える。顔の下半分が髭《ひげ》だらけで銀縁《ぎんぶち》眼鏡の男が言うのだから、さまになっていない。しかし、駒子はそんな思いを顔に出さず、

「お世辞じゃないよ。私は、達彦の淹れてくれる珈琲がいちばん好き」

と、褒める。達彦は返事をしなかったが、駒子の言葉に気をよくしたのは間違いない。口元の髭が嬉しそうにひくひくと動いている。喜んでいる証拠だ。

よし、今日もいい一日のスタートだ。

駒子にとっては、達彦のご機嫌をよくすることが、朝いちばんの仕事なのである。

専業主夫という達彦の立場は、世間的には微妙である。本人は家事が好きで得意

だし、専業主夫になることにも抵抗はなかった。一人娘の澪《みお》が小学校一年生になった直後、精神的に不安定になり、不登校になった。当時は編集者だった駒子も、フリーのカメラマンだった達彦も、共に仕事は不規則で、深夜に帰ることも珍しくなかった。帰れない時にはベビーシッターを雇ってしのいでいたが、それも限界だ、と思い知らされた事件だった。それで、どちらかが仕事を辞めて家庭に入るとなった時、達彦がいるべき、ということでふたりの意見は一致した。

「駒子さんの方が収入も多いし、会社員で身分も保障されてるから、駒子さんが仕事をしたらいいよ」

尊敬するジョン・レノンも一時期、専業主夫だった、ということも影響しているらしい。レノンの真似をして銀縁眼鏡に髭という格好をしているくらいだから、ライフスタイルをなぞることもOKなのだ。

でも、それだけではない。駒子は家事があまり好きではない。専業主婦には向いてない、と自分で思うのだ。澪を出産後、半年ほど育児休暇を取って家にいた。その間、家事と向き合ったのだが、その時に得た悟りが、「家事は修行である」。

掃除にしろ洗濯にしろ炊事にしろ、家事に終わりはない。部屋を完璧に片付けたと思っても、翌日になればまた埃《ほこり》は溜まるし、ゴミも出る。何時間も掛けて食事を作っても、三十分も経たずに器はからになる。家事は砂の城を築くのに似ている、と駒子は思う。一生懸命作り上げても、大波が来たらあっさり崩れる。やったことを形に留めることはできない。一晩経てばまた同じことを始めなければならないのだ。

さらに、家事を完璧にやったからと言って、誰に褒められるわけでもない。手を抜いて、たとえば冷凍食品を食卓に出すとか、掃除を何日かさぼったとしても、誰かに叱られることもない。家事をちゃんとやるかやらないか、決めるのは自分。評価するのも自分（と家族）だけなのだ。

そんな状況を何十年も続けるってすごいことだわ。会社の仕事なら、金銭的な報酬もあるし、実績も目に見える形で提示される。プラス評価の積み重ねで昇進もある。だけど、主婦は家事能力が高くても低くても、報酬や待遇に変化はないのだ。会社で実績を上げるより、主婦として高いレベルでパフォーマンスを続けることの方が、はるかに難しいんじゃないだろうか。

そう思ったが、いやそう思ったからこそ、育児休暇期間を半年で切り上げ、駒子はさっさと職場復帰した。自分には向いていないと思ったのだ。

しかし、達彦は違う。フリーのカメラマンをやっていた達彦は感覚が鋭く、それを家事に生かす術《すべ》を知っていた。駒子のように料理本やネットなど見なくても、舌ひとつでだいたいの料理を作ることができたし、ハーブや香辛料をうまく使って、ワンランク上の味付けにすることも得意だった。ものを作ったり工夫したりするのも好きだから、部屋の模様替えはお手のものだし、既製品が合わないとなれば、カーテンでも戸棚でも自分で手作りするのをいとわなかった。子どもの突拍子《とっぴょうし》のない言動につきあい、面白がるという懐の深さもあった。これはもう、才能としか言えない、と駒子は密かに舌を巻く。自分がいくら頑張っても、達彦のようにうまくはできない。家事は雑事、できるだけ早くすませたいと思う自分とは、根本的な姿勢が違う。達彦自身も、クライアントの無謀な要求や不規則な生活にイライラしていたカメラマン時代より、よほど生き生きして見える。

珈琲を飲み終わらないうちに、達彦が朝食を運んできた。ベーコンエッグに水菜とグレープフルーツのサラダ、イングリッシュマフィンに野菜のポタージュ、それに手作りの苺ジャムを添えたヨーグルト、といったメニューだ。ポタージュは残り野菜を茹《ゆ》でて柔らかくし、豆乳といっしょにミキサーに掛けている。

「いただきます」

ふたりは向かい合って手をあわせる。

「おいしいわ、このサラダ。水菜の歯ざわりが最高ね」

褒められる時は、出し惜しみせず褒める。それが相手をご機嫌にするいちばんの秘訣だ。

「昨日JAに行ったら、いいのが出ていたんだ。野菜はやっぱり鮮度だよね」

駒子が籠《かご》の中のイングリッシュマフィンを取り、ふたつに割ってジャムとバターを塗っていると、娘の澪が現れた。

「おはよう」

娘が黙ったままぼんやり席に着いたので、駒子が声を掛ける。

「おはよ」

澪が眠そうに答える。小学校の間は小柄で、背の順でも前から数えた方が早かったが、中学後半に入って急に背が伸びた。百六十センチを超えてまだまだ伸びている。十六歳の今では、すでに駒子の身長を超えた。手足が長く、肌は浅黒く、サッカーで鍛えた身体は引き締まっている。母親の欲目かもしれないが、顔だちも整っていてなかなかの美少女だと思う。

「早くしないと遅刻するよ」

「うん、わかってる」

よくぞここまでちゃんと育ってくれた、と駒子は思う。達彦は専業主夫になると同時に、澪を地元のサッカークラブに入れた。もともとこの辺りは女子サッカーが盛んな地域だったのだ。それに、達彦自身も万年補欠ではあったが中高とサッカー部だったので、基礎的な技術を教えることができた。そのおかげで澪はみるみる上達し、サッカークラブの中心メンバーになり、仲の良い友人もできた。達彦自身も、澪の部活の保護者仲間と交流してつきあいを広げたから、達彦にとっても澪のサッカーは助けになった。

「ふあああああああああ」

よくまあこんなに大きく口が開くもんだ、と思うほど澪は大きなあくびをした。両手を軽く握って、曲げたひじを顔のあたりまで上げる。その格好は昔とちっとも変わっていない。

「昨夜、遅かったの？」

「そうでもないけど、いまの季節はやたら眠くって。……あ、私ベーコンエッグ、ベーコンは二枚、卵は固めでね」

いまの学校には女子サッカー部がないので、男子に交じって練習している。だから、運動量は多い。ベーコン二枚のカロリーくらいすぐに消費してしまう。最近代謝が落ちたと思っている駒子には、その若さがまぶしい。

「ベーコン出してあるから、自分でやりなさい」

達彦は自分の席から動こうとしない。

「なんだパパ、澪には焼いてくれないの？」

「パパはもう食事始めちゃいました。もうちょっと早く起きてくれば、パパやママの分といっしょに焼いてあげたんだけどね」

達彦に言われて、澪はしぶしぶ立ち上がり、キッチンの方に行った。まもなくじゅうじゅうとベーコンの焼ける音がこちらの方まで聞こえてきた。達彦と駒子は食事を続けている。いつもの平和な朝だった。

2

会社に着いたのは九時二十五分。いつもどおり定刻の五分前だ。書籍の編集が仕事の主体である書籍事業部の中で、唯一フレックスではない部署が駒子のいる管理課である。単行本や文庫の原価計算や印刷所の手配や交渉、ノベルティの製作や管理をはじめとして部内のありとあらゆる雑務、たとえばアルバイトの採用からつきあいのある作家の冠婚葬祭の手配、部内のトイレットペーパーの補充までを一手に引き受けている。編集部門が生産に徹するのに対し、それを後方支援、サポートするのが駒子の部署である。書籍事業部だけで八十人ほどのスタッフがいるから、それなりに仕事は多い。課長である駒子と五人の部下でそれを分担している。

編集部門は完全フレックスタイムを採用しているが、総務や経理などほかの管理部門の時間帯に合わせて、管理課の就業時間は九時半スタートと決まっている。

「おはよう」

駒子は管理課の部屋に入ると、意識的に明るい声で言う。職場では上司の機嫌が現場の空気を支配する。だから、いつもなるべく機嫌よく、にこにこしていようと思う。特に一日のスタートである朝の時間帯は。

「あ、課長、着いた早々すみません。この書類、昨日締め切りだったんで、大至急持って来いって営業部から言われたんです。申し訳ないんですが、すぐに目を通していただけますか？」

部下の高橋郁也《たかはしいくや》が悪びれずに言ってくる。高橋は今年入ったばかりの新人で、いまどきの子らしくすらっとした長身、目鼻立ちが整った好青年だ。

ほら、来た。

駒子は膝を打ちたくなる。

調子いい日ほど、こうして何かしら妨害が入るものだ。

「えっと、部決会議の資料だね。これに全部目を通すとなると一時間は掛かるよ。だけど困ったわね、十時から私、連絡会議が入っているんだけど」

決して怒らず、諭《さと》すように言う。昔ならバカヤローで済んだことが、今では通じない。最近の若い子は大事に育てられているからか、叱られ慣れていない。叱られるとその事実だけに頭がいっぱいになって、どうして叱られたのか、どうしたら失敗を繰り返さずに済むかまで頭が回らなくなってしまう子も少なくない。

「会議は欠席できないんですよね。だったら、それが終わってからやっていただければ」

「もし、その後に打ち合わせが入っていたら？」

「あ、そうなんですか？」

「どうしても、と言うなら、ずらすこともできなくないけど……」

「すみません、お願いします」

高橋は頭を下げた。やれやれ、ようやくまともな反応が引き出せた。今日はこれでよし、とするか。

「今回はやれるけれど、いつもできるとは限らないわよ」

「はあ」

「だから、次からは早め早めに渡してちょうだいね。君なら、ちょっと気をつければできることだから」

怒ってないよ、と示すために、駒子は高橋に笑顔を向けた。

「わかりました。今日はすみませんでした」

高橋は軽く頭を下げて、自分の席に戻って行った。

根は素直でいい子なのだ。同じ会社員ではなく、まだ子どもだと思えば腹も立たない。これから少しずつ一人前の会社員に育てていくしかない。

「あ、水上さん、いた」

目を上げると、文芸誌『カラーズ』の編集長、井手敏郎《いでとしろう》がいた。井手は駒子より三歳若い。細い目は少し垂れていてどことなく愛嬌がある。

「井手さん、何かありましたか?」

こんな早い時間に、編集長自ら管理課の部屋までやって来るというのは、何か頼み事があるときだ。管理課は編集部のあるフロアとは別に、一階の応接スペースの隣に隔離されている。

「あの、先日頼んだ読《どく》プレの件なんですけど」

「ああ、創刊十周年の」

読プレすなわち読者プレゼントのことだ。読者に贈るノベルティグッズの製作を手配するのも、管理課の仕事である。『カラーズ』の創刊十周年の読プレは、確かオリジナルの絵柄が入った図書カードだったはずだ。

「百枚って頼んだんだけど、来週のイベントでも急遽《きゆうきよ》使おうってことになったので、あと五十、刷り増しできませんか?」

「来週のいつですか?」

「水曜日なんですけど」

「水曜日ですか。だとすると、前日の火曜日中に届けてもらうとして……今日発注したとしても、土日挟むから営業日は中二日しかありませんね」

かなりタイトなスケジュールだ。やってやれないことはないが、下請けの会社に無理をさせるのは、あまり好きではない。

「そこをなんとか。イベントで使えっていうのは、権藤《ごんどう》部長の指示なので」

と、井手は拝むような仕草で駒子を見る。

部長の思いつきか。駒子は軽く溜息を吐《つ》いた。だったら仕方ない。

「まあ……印刷所に交渉してみますよ。なんとかしてくれると思います」

「ありがとうございます。よろしくお願いします」

井手は晴れ晴れとした顔で帰って行った。と、今度はミステリ文庫の副編集長の有《あり》賀《が》政徳《まさのり》が現れた。こちらはまだ三十そこそこの若さだ。

「あの、すみません」

若い有賀は自分の感情を素直に出している。困ったと腹が立ったの両方の顔だ。

「はいはい、何の御用でしょうか」

駒子は落ち着いて、というように、にっこり微笑んでみせる。

「うちのバイトが今月いっぱいで辞めることになったんですよ」

「あら、それは急なことね」

「ええ、困ってるんですよ。そろそろ新人賞の締め切りだから、やることはたくさんあるのに」

「じゃあ、急ぎの募集ですね。募集はひとり？」

「いえ、ふたりです。片方が辞めると言ったら、もうひとりの方も『僕だけ残ってもつまらないから』って。ほんと、若いやつらは何考えているんだか」

駒子から見れば、有賀も十分若い。だからこそ「若いやつら」と平気で言えるのだろう。自分たちの年齢になると、「若いやつら」と言ってしまうと、自分がそれに含まれないことを認めてしまう。だから、あまり使いたくないのだ。

「バイトですし、まだ学生気分が抜けないんでしょうね」

駒子はあたりさわりのない返事をする。

「そうなんですよ。ほんと、最近の連中ときたら」

有賀はいまどきの若いスタッフの愚痴を延々語った。駒子はにこにこしながら、時々「そうなの」「それはひどいわね」と、相槌《あいづち》を打つ。

有賀は頼み事だけでない、愚痴を発散させに来たのだ、と察したからだ。

これを聞くのも自分の仕事だ、と駒子は割り切っている。課長や部長などもふらっと顔を出し、ただ雑談していくことがある。仕事の合間のちょっとした息抜きの相手を求めているのだ。

「とりあえずはＨＰ《ホームページ》で告知を掛けますが、求人サイトなどにも流しますね。告知の文面を急ぎで作ってください」

有賀の愚痴をひとしきり聞いた後、駒子はそう告げた。

「ありがとうございます。席に戻ったら、すぐにメールします」

そして、有賀は機嫌よく自分の席に帰って行った。

やれやれ、今日は朝から三連続だった。すっかり、頼まれおばさん状態だ。

駒子はほっと息を吐く。

管理課は、編集部みんなのお世話係だと駒子は思っている。生産する部署ではないが、うちがなかったら、編集部の機動力はかなり落ちるだろう。それくらいの自負はある。

会社のおふくろさん。

みんなに求められている自分の役割はそれだ。陰で編集スタッフを支え、時に慰めたり、褒めたりしてくれる。編集者同士は仲が良くても、売り上げの数字でなんとなく序列がつく。他部署はライバルでもあるが、管理課だけは違う。自分たちの味方、後方支援してくれる部署だ。そして、自分はそこの課長だから、そして女性だから、よけい安心できる存在なのだろう。

それならそれで、その役割を果たすまで。

駒子はそんなことを思いながら、会議に出る準備をする。十時から連絡会議だ。総務からの伝達事項の発表と、二階のレイアウト替えについての段取りの説明、それに司会進行が今日の駒子の役目だ。取り立てて問題になるような議題はないし、いつもどおり無事に終わるだろう、と思っていた。

しかし、その日の会議は雰囲気がどこかおかしかった。月に一度書籍事業部の管理職と編集長が集まり、情報を共有する会議だが、いつもは同席する部長の権藤が会議直前にドタキャンした。次長の松下亮《まつしたりよう》が出席していたが、権藤が欠席している理由は語らない。そのせいか、妙にざわざわしている。それでも粛々《しゆくしゆく》と会議は続いていったが、最後の最後になって、

「ほかに議題がなければ、今日はこれで終わりにします」

と、駒子が告げた時、「すみません」と、一人の男が挙手をした。文芸一課の課長の沢崎蓮《さわざきれん》だ。文芸一課はエンタテインメント系の小説の単行本を編集する部署で、売り上げも大きく、文芸賞などで注目を浴びることも多いから、社内でも花形部署として知られている。その課長の沢崎は四十代後半の働き盛り、細身で眼光鋭く、見るからに切れ者、という感じだ。

駒子がどうぞ、と指名すると、沢崎は立ち上がった。

「お騒がせしましたが、うちの花田《はなだ》の問題、解決しました。本人が訴えを取り下げました」

その言葉に会議室はどよどよとざわめきが大きくなる。

一件落着？　ほんとに？　あそこまでやったからには、徹底抗戦するつもりかと思っていたけど。

花田瑠璃子《るりこ》はぱっと目立つ美人である。二年前に入社した新人編集者だが、花形部署の文芸一課で、大物作家を何人か任されている。美人で人あたりもいいので、気難しい作家にも気に入られているらしい。その花田が、上司である書籍事業部の部長の権藤和正《かずまさ》をセクハラで訴えたのは、ひと月前のことだった。

権藤は凄腕の文芸編集者として社内だけでなく、広く業界にも知られた存在である。ヒット作を連発するだけでなく、すべての文芸編集者が一度は経験したいと夢見る、担当した作品が直木賞を獲るという栄誉を、いままで二度も手にしている。部長となった今でも、権藤でなければ書かないという大物作家がおり、現場の仕事も続けている。実質的に文芸一課を仕切っているのは、沢崎でなく権藤なのだ。

しかし、独身の権藤は、過去に有名作家や女優とも浮名《うきな》を流している。そういう面でも、名前の知られた男である。その権藤が、なぜか若い部下に目をつけた。それで、仕事にかこつけて何かと花田を呼び出した。花田の担当でない作家の接待も

『女性がいると作家が喜ぶから』と同行させる。花田が帰宅した後、電話で呼び出されることもあったらしい。そのうち、それだけでは飽き足らなくなり、仕事でない時でも酒の席に呼び出されるようになった。そして、酔った勢いで口説かれる。花田はいまどきの女子なので、内心嫌だと思っていても顔には出さず、やんわりと断っていた。それが権藤を勘違いさせた。

「上司と部下だからといって、遠慮することはないよ。恋愛は自由なんだから」

と言ったらしい。花田も自分に好意を持っているけど、社内的な立場を考えて踏み出せないのだ、と勝手に思い込んだのだ。

大手出版社のやり手部長だから、自意識が肥大化しちゃったんだろうな、と駒子は冷ややかに見ている。みんなおべんちゃらしか言わないから、今でも若い時同様自分はもてるのだ、と思い込んでいるのだ。花田から見れば父親と同世代の権藤なんて、恋愛の対象外だろうに。

やがて休日にも、権藤から花田のところに連絡がくるようになった。居留守を使ったりしてやり過ごしていたが、ある晩、外出から帰ると、自宅マンションの前で権藤が待ち伏せしていたのだ。恐怖を感じた花田は総務に訴えたが、相手が権藤と知って総務の方も及び腰になる。権藤は最近ヒラの部長から取締役部長に昇進、いずれ社長になると噂されている男なのだ。総務が力になってくれないと悟った花田は、ついに労働基準監督署に訴えた。それには会社の人間はみな驚いた。それまで花田は、悩んでいる態度を一切見せていなかったから。

しかし、社内でも極秘に処理されていたはずのこの件が、どうして社内中に広まり、さらに他社にまで広がっていったのだろう。週刊誌やネットのニュースにおもしろおかしく書きたてられ、TwitterやFacebookなどのSNSでの拡散もこの騒ぎに拍車を掛けた。その中には、社内の人間でないと知りえない情報も含まれていたのだ。社内の誰かがリークしているのは間違いない。

その後、どんな話し合いがなされ、どういう調停がされたかを駒子は知らない。訴えを取り下げたということは、お金で解決したのだろうか。

「訴えを取り下げたと言っても、このまま花田を文芸一課に置いておくのはどうも……。本人もできればほかに移りたいと言ってますし……」

沢崎の言葉に、駒子は我に返る。

結局、権藤は取締役という肩書は外されたものの、書籍事業部の部長というポジションは変わらなかった。社長が権藤の実績を高く評価し、留任を認めたのだという。だから、花田がこのまま文芸一課に残れば、仕事上権藤と頻繁《ひんぱん》に顔を合わせる状況は変わらない。花田が異動を望むのであれば、そうする方がいいだろう。

「他部署への異動ができればいいのですが、年度中途ではそれも難しく……」

沢崎は奥歯にものが挟まったような言い方を続ける。怜悧《れいり》で、いつもシャープな物言いをする沢崎にしては珍しい。

「そういうわけで……どなたか、花田を引き取ってもらえないでしょうか」

沢崎が言うべきことをやっと言い終わると、みんなは再びざわめいた。連絡会議には二十名近くの人間が出席している。文庫や雑誌の編集長、つまり現場の責任者たちだ。

「しばらくでいいんです。次の異動の時期には他部署に移すということで、総務とも話し合いがついていますから」

沢崎が言葉を重ねるが、みんな沢崎の方から顔を背《そむ》け、自分たちの話に夢中になっているふりをしている。

引き取り手はいないだろう、と駒子は思う。半年だけ預かるというのも面倒な話だし、そもそも花田は上司を外部の人間に訴える、というタブーを犯した人間だ。そういう反逆児を部下に持ちたいと思う上司はいない。

「花田、どうして会社を辞めないんだろうね」

誰かの声が耳に届く。それがこの場の男どもの本音なのだ。この場に女性は駒子と、文芸三課の課長の岡村《おかむら》あずさしかいない。岡村は要領のいい女だから、こういうことには関わろうとしない。隣の席の人間と雑談して笑っている。

花田は被害者だ。なぜ被害者の方が退職して、加害者である権藤がそのまま居座るのだろう。たかがセクハラくらい、と男どもは思っているだろうが、花田にしたら、どれほど苦痛だっただろう。駒子の胸は痛む。

駒子自身もセクハラの経験がないわけではない。いや、仕事をしている女性で、セクハラの経験がまったくない方が少ないだろう。軽い言葉での揶揄《やゆ》から深刻な性被害まで、程度の差はあっても社会はセクハラに満ちている。だから、花田のことを他人事とは割り切れない。

性的関係には至らなくとも、自宅の前で待ち伏せされるなんてほんとうに怖い。相手がそこまで思いつめていることに、女性なら誰でも恐怖を感じるだろう。自分だったら叫び出したかもしれない。

「どなたか、お願いできませんでしょうか？　花田は作家受けがいいし、文芸の仕事でしたら、どこへ移っても即戦力になると思うのですが」

「いや、それはまずいでしょう」

沢崎の提案に、『カラーズ』の編集長の井手が言う。

「文芸の作家は噂好きです。今回の騒動も作家たちの間では有名ですよ。花田ってどんな子だって、僕も何人かの作家に聞かれましたし。文芸の仕事は外した方がいいですよ」

雑誌の記事などでは権藤の名前は出ても、被害者である花田の名前は伏せられていたはずだ。しかし、すでに作家たちの間では広まっているらしい。

「やっぱり編集部では難しいかもしれませんね」

そう言いながら、沢崎が駒子の方に視線を向ける。ほかのみんなもなんとなくこちらを見ている。

なんとかしてください。

みんなの無言のプレッシャーを感じる。

困った時の水上頼み。陰でみんながそう言っていることを、駒子は知っている。

駒子は小さく溜息を吐いた。

これ以上スタッフを増やすと部署の人件費が上がるのでやっかいだが、花田自身のことを思えばそうも言っていられない。それに、こういう時に動くことを、自分はみんなから望まれているのだ。

「わかりました、うちで引き取ります」

駒子は沢崎の目をまっすぐ見て言う。

「ほんとに、いいんですか？」

遠慮しているような口ぶりだが、沢崎の顔は嬉しさを隠せない。目が笑っている。

「花田さんならちゃんと仕事してくれると思います。それに、うちなら編集部とフロアが離れているから、部長と顔を合わせる機会も少ないでしょうし」

「ありがとうございます。長くはご迷惑をおかけしません。次の異動の時には、きっと総務になんとかしてもらいますから」

「はい、よろしくお願いします」

駒子はにっこり微笑んだ。会議室全体が安堵《あんど》の雰囲気に包まれた。面倒を抱えずにすんだ、と喜んでいるのだ。駒子以外は。

「じゃあ、これで会議は終わりにしましょう」

司会の駒子が告げると、ざわざわとみんなが部屋を出て行き、沢崎と駒子だけが残った。

「すみません、この借りはどこかできっと」

沢崎が申し訳なさそうに肩を丸めている。

「いいんですよ。うちの部署は、こういう時のためにあるのですから。それより、花田さんの方がうちへの異動はつまらないと思わないかしら。編集に比べれば、うちの仕事は地味ですし」

「いやいや、実は花田の方もできれば水上さんの下がいい、って言ったんですよ」

「花田さんが？　私とはほとんど接点はないはずですが」

「水上さん、女性社員に人気ですからね。うちの会社の『上司にしたい課長ナンバー1』だそうですよ」

「私が？」

「知りませんでしたか？　仕事では頼りになるし、子どもがいても仕事の第一線で頑張っているところがいいみたいですよ。みんなロールモデルって思ってるんじゃないのかなあ」

「それは……光栄です」

「それに、こういうことのあとだし、男性上司じゃない方がいいと思うんですよ。かといって、岡村さんの下ではやりにくいだろうし」

「確かに、ね」

岡村あずさは駒子とは同期だ。同じ課長という役職ではあるが、独身で、次に次長になるのは彼女だろうと噂されるやり手である。その仕事ぶりは激烈で、仕事に女を使うことも躊躇《ちゅうちょ》しない。自分の担当作家に賞を獲らせるため、審査員の先生と寝た、という噂もあるくらいだ。セクハラなどものともしないだろう。それに、権藤部長とつきあっているとも囁《ささや》かれている。そんな上司のところに部下だった花田を移すのは、クールな沢崎でもためらわれるのだろう。

「花田さんが仕事をしやすいように、私も考えます」

駒子はなるべく丸い声を出すようにした。沢崎の罪悪感が少しは楽になるように。

「よろしくお願いします」

沢崎は深々と駒子に一礼した。沢崎の頭頂部が目に入った。驚くほど毛量が少ない。この事実には初めて気がついた。沢崎は長身なので、頭のてっぺんまで目に入らなかったのだ。

沢崎さん、苦労が多いからなあ。このままだと四十代のうちに禿げるかもしれないな、と駒子は場違いなことを考えていた。

3

その翌朝のこと。駒子はいつものように達彦の作った食事に舌鼓《したつづみ》を打っていた。今朝の朝食はポーチドエッグと厚焼きのハム、グリーンサラダ、自家製のスコーンにラズベリージャムとクロテッドクリームが添えられている。達彦のスコーンは絶品だ。焼きたてでほかほかのスコーンを二つに割り、イギリス流にジャムとクリームをどさっと載せる。それにかぶりつこうとした時、

「あのさ、駒子さん」

と、達彦があらたまって話しかけてきた。駒子はいったん動作を止めた。

「なに？」

「あの……俺、ずっと考えていたんだけど、カメラマンの仕事を再開しようかと思うんだ」

思わず、スコーンを取り落としそうになった。スコーンを傾けてしまったので、山盛りに載せたジャムとクリームが皿の上にぽたっとこぼれる。

「仕事を再開？」

思いがけぬ宣言だった。達彦はすっかり主夫の仕事に満足しているように見えていたのだ。駒子は何気ないふうを装って、こぼれたジャムをスプーンですくい、スコーンに塗りたくった。

「うん。澪も高校生だし、もう俺がずっと家に居る必要はないだろう？」

「それは、そうね」

駒子は動揺していた。達彦が仕事に復帰することなど考えてもみなかったのだ。

「実は、友だちから声が掛かっているんだ。ちょっと手伝わないかって」

「えっ、じゃあ、すぐに始めるってこと？」

「そう、いけない？」

「そんなわけじゃないけど、急だったんで驚いただけ」

達彦が本格的に仕事に戻ったらどうなるだろう。家事もふたりで分担することになるのだろうか。いままで楽をしてきたから、正直面倒だな……。

「駒子さんは俺が仕事をすることに反対？」

達彦がこちらを見る。少しおどおどしたその目を見て、駒子ははっとした。

夫が反対するので働きに出られない、と嘆く専業主婦の話をたまに聞く。なんてわがままな夫だろうと思っていたけど、自分も同じだ。自分自身が楽だからという理由で、達彦が家に居てくれる方がいいと思っている。ここで反対したら、自分もわがままな夫連中と同じポジションに成り下がってしまう。

「そんなことない。いままでずっと家のことをやってくれていたんだもの。そろそろ外の仕事もしたっていいわよね。うん、いいんじゃない、やってみたら？」

動揺を隠して、ようやくそれを言えた。

「ありがとう。駒子さんならそう言ってくれると思った」

達彦の顔が安堵で緩む。駒子も笑顔を返す。その笑顔が自然に見えるといいな、と駒子は思っていた。

「おはようございます。あ、今自分の珈琲を淹れるところなんですけど、水上さんもいかがですか？」

職場に着くと、花田がそんなふうに声を掛けてきた。

「ありがとう。でもまだいいわ。後で自分で淹れるから」

この会社は男社会ではあるが、女性社員がほかのスタッフのお茶を淹れるという習慣はない。接客の時はともかく、ふだんはみんな自分で淹れるのだ。

「ところで、棚を片付けてくれたのは花田さん？　ありがとう」

「いえ、自分のところを整理するついでですから」

花田はなんでもない、というように笑顔を浮かべた。花田は美人だ。近くにいるとつくづく思う。ファンデーションなど必要なさそうなきめ細かな白い肌、形のいい鼻、長い睫《まつげ》が大きな瞳をいっそう大きく見せている。それに、思わず触れてみたくなるようなふっくらした唇がセクシーだ。その女っぽい容姿を必要以上に強調しないようにするためか、化粧は薄く、服装はシンプルな黒のジャケットにパンツ。長い髪はシニョンにして、地味なバレッタで留めている。だが、それが逆に骨格や肌のごまかしようのない美しさを強調している。女慣れした権藤がくらっときたのも無理はない、と駒子は思う。

これほどの美人だと、よくも悪くも注目を浴びる。それで得することと損することと、どっちが多いのだろう。自分は彼女よりずっと年上で、既婚で、管理職だから気にならないが、もし若い時に横並びの同僚にこんな美人がいたら、やっぱり穏やかではいられないだろうなあ。美人だけどいい人、と同性に認められるために、彼女はいままでどれくらい気を遣ってきたのだろうか。

そんなことを思いながら、パソコンを起ち上げる。朝いちばんにメールをチェックするのが習慣になっている。届いているメールは七、八通。印刷所や部内の誰かからの連絡だ。ひとつずつチェックしていき、最後に開いたのは次長の松下からのメールだ。

『ちょっと打ち合わせしたい件がありまして、連絡しました。今日一時に、E会議室に来てください』

気配りの人、松下次長にしては、珍しいほどそっけないメールだ。いつもなら、時候の挨拶だの何かの件についての謝礼だの、ごたごた述べてから本題に入るのに。

これは何かあるな、と駒子は直感した。

面倒な話じゃないといいけど。嫌な予感を覚えながら、駒子はメーラーを閉じた。

予定の時間の五分前に、駒子は会議室に出向いた。ノックをすると、中から「どうぞ」と松下の声がした。ドアを開くと、四十人入る広い会議室の向こう側に、松下次長と権藤部長がいるのが見えた。

松下と権藤は並んで座っているが、態度は対照的だ。松下は所在なさそうに縮こまっており、権藤は不機嫌そうな顔で椅子にふんぞり返って座っている。

部長同席だから、こちらの都合は聞かれなかったわけね。悪い予感は正しかったみたい。

「まあ、そこに座って」

松下が自分たちの前の席を指し示す。駒子は一礼をして、その席に着いた。しかし、ふたりは黙っている。駒子の戸惑いを察してか、松下がとりなすように言う。

「もうひとり来るので、ちょっと待っててね」

その言葉が終わらないうちに、ドアがトントンとノックされた。

「ああ、来たようだね。……どうぞ」

「失礼します」

入ってきた人物を見て、駒子は目を見開いた。文芸三課の課長の岡村あずさだ。

岡村は駒子を見ても驚かず、平静を保ったまま駒子の隣に座った。メンバーは揃ったらしい。しかし、権藤が何も言わないので、松下が仕方なく、というように口を開く。

「ふたりに来てもらったのは、君たちに昇進の辞令が出ることを伝えるためです」

「昇進?」

思いがけぬことだった。嬉しいよりも何よりも驚きがまさった。

「七月一日付でふたりを新規事業部所属とし、次長に昇進していただきます」

新規事業部? なにそれ? 聞いたこともない。

それで、私たちが次長? 部長は誰?

しかも、なぜこんな中途半端な時期に辞令が出るの?

駒子の頭の中は驚きとさまざまな疑問が渦巻いて口もきけないでいるが、隣の岡村は平然とした顔で、

「ありがとうございます」

と、頭を下げた。駒子も慌てて「ありがとうございます」と続く。

「おめでとう。ふたりとも優秀な人材だから、次長に昇進しても立派にやってくれると思います」

次長ということは、駒子たちも松下と横ならびになるということだ。松下の想いは複雑だと思うが、いつもどおりの愛想の良さを崩さない。

「あの、新規事業部ってどういう部署なんでしょうか?」

駒子は混乱しながらも、状況を理解しようと努めた。

「ああ、悪かったね。そっちを説明しないと……。率直に言えば、従来の出版ビジ

ネスとは違うもの全般に携わる部署です。たとえば電子書籍とか自費出版とか海外展開とか」

「でも、それはいままでもやってきたことでは？」

「確かに、それぞれの編集部がやれる範囲でやってきた訳ですが、それでは片手間だし、長期的な戦略も打てない。それで、独立した部署を作って、もっと大きく展開していきたい、というのが会社の方針です」

ずいぶんざっくりした考え方だ。確かにそれで効率化される部分もあるかもしれない。だが、どこまで売り上げを伸ばせるか。電子書籍と自費出版と海外版権だけでは心もとない。

「それで、これは書籍事業部とは別にセクションを立てるということですか？」

駒子が重ねて質問をすると、松下が愛想よく答える。

「いずれはそうなります。来年度には独立した部署として起ち上げますが、それまでは暫定的《ざんていてき》にうちの管轄になります」

「なぜ、こんな中途半端な時期に？」

駒子の言葉を聞いて、権藤の眉がぴくっと動く。だが、松下は駒子の問いを無視して説明を続ける。

「岡村さんには電子書籍と海外事業関係、水上さんには自費出版の方をやってもらおうと思います」

自費出版？　よりによってそっちの方？

駒子の会社は戦後間もなく、俳句関連の書籍を出版するための会社として始まった。今でも文芸二課の中に俳句の編集部は存在する。その関係から、一般的な書籍以外に、創業まもない頃から俳人の自費出版の句集を請け負うビジネスを行ってきた。大きな売り上げはないが、刷った部数すべてをクライアントが買い取るので無駄がない。出版不況の昨今では、大手出版社や新聞社までが素人の原稿を集めて本にする、というビジネスを盛んに展開している。駒子の会社ではなまじ自費出版の歴史があるだけに、それ以上積極的にパイを広げようという努力をしてこなかった。だから、他社に出遅れている感は否《いな》めない。なぜいまさら新規事業として独立させようというのだろう。

「それぞれ頑張って、売り上げを立ててほしい。それで、来年度からは、どちらか片方を新規事業部の部長に昇進させることになります」

どちらかを部長？　いきなりなぜ？　次長昇進だけでもありえないことだと思っていたのに、一年以内に部長に昇進なんて。

駒子は再び絶句しているが、岡村は平然と挨拶する。

「ありがとうございます。ご期待に沿えるよう、頑張ります」

駒子の方は、咄嗟《とっさ》に頭に浮かんだことを口にした。

「なぜ、私たちなのでしょう？　……岡村さんはともかく、私は事務的なことをずっとやってきましたし、どうして選ばれたのかわかりません」

「それは、ね……」

駒子の問い掛けに、松下が応えあぐねていると、権藤が初めて口を開いた。

「そりゃまあ、君たちが優秀だからじゃないのか。ほかにも課長や次長はたくさんいるのに、君たちのどちらかをいずれ部長にするっていうんだから」

嫌みたっぷりな口調だ。あきらかにこれは権藤の意向とは違うのだろう。

だとすると、誰の意向？　部長以上……取締役会で決まったことなのだろうか。

「何にしたって、いいことじゃないですか。どちらかは部長への昇進が約束されている。会社も君たちに期待してるってことですよ。滅多にないチャンスです。頑張るだけの意味があるんじゃないですか」

権藤とは逆に、松下はおだてるような口調になっている。

「片方はいずれ部長に昇進ということですが、昇進できなかった方はどうなるんですか？」

駒子はさらに問う。

「その場合は次長として新部長を支える仕事をしてほしい。どちらにしても、君たちで協力して新しい事業部を作っていってほしいということなんです」

つまり、実績を上げた方が部長、もうひとりはその部下になるってことか。

協力してやれ、と言いながら、実のところ部長というたったひとつのポストを目指して闘え、と言ってるようなものだ。

嫌だな、と咄嗟に駒子は思った。そういうかたちで会社は自分たちを競わせようとするのだ。女同士闘わせるのが面白い、とでも思っているのだろうか。

「これはもう、決定事項なのでしょうか」

「と言うと？」

「私が管理課に残るという選択肢はないんですね」

「それはない」

権藤の口調は異論を許さない、というようにきっぱりしていた。

「すでに、次の管理課の課長の人選も始まっている。それも追って発表されるだろう。ものごとはすでに動き出しているんだ」

「なぜ、そんなに急ぐんですか？　新規事業がどうなるかもわからないのに。部署を起ち上げるかどうかは、その結果を待ってからでもいいんじゃないですか？」

駒子の言葉を聞いて、権藤はせせら笑うように唇を歪《ゆが》めた。

「水上はなぜ、が多すぎる。とにかく会社が決めたことだ。会社員なら、会社の方針に素直に従えばいいんだ」

吐き捨てるように言うと、権藤は席を立った。

「もう説明はいいだろ。とにかく、すぐに新しい仕事にかかれ」

そう言い捨てて、権藤は会議室を出て行った。

権藤がいなくなると、広い会議室がさらに広くなったような気がした。困ったような顔の松下が、おずおずとふたりに問い掛ける。

「ほかに何か聞きたいことはある？」

「あの、それで新しい事業部の場所はどこに？　それから私たち以外のスタッフはどうなるんでしょうか？」

駒子にとっては仕事内容だけでなく、そちらも大きな関心事だ。場所と人員をどううまく整備するか。そんな仕事をずっとやってきたのだ。そのうちなんとかなる、と楽観的に思うことはできない。

「ああ、そうだね、場所の問題があるね。どうしようか、あとで相談させて」

場所も人員配置もまだ決まっていないのか。どれだけ慌ただしく決まったことなのだろう。

「スタッフについては、いままで専任でやっていたスタッフもいるから、彼らを配属する。足りなければ、他所《よそ》から異動してきてもらうことも可能だ。ある程度はきみたちの希望に沿うようにしてもらえるよ」

「はあ……」

希望も何もない。まだそこまで考えられない。どういう仕事をしていくか、まずそこから考えなければならないのだ。

「あの、説明は以上ですか？」

岡村が松下に聞く。岡村はさっきから質問はしていない。いつもどおり冷静だ。

「ああ、そうだね。まあ、細かいことはこれからいろいろ出てくると思うけど、とりあえず今日は内示ということだから」

「わかりました。では、今日はこれで仕事に戻らせていただきます」

そう言って、岡村は会議室を出て行く。驚いた様子もなく、終始冷静なままだった岡村の背中を見ながら駒子は思う。

もしかしたら、彼女はこのことを事前に知っていたのだろうか。

そうであったとしても彼女はそれを明かさないだろう。情報通で秘密主義。それが岡村のやり方だ。そして、お人よしと人に言われる駒子は、そういう岡村が苦手だ。

入社した当初、新入社員九人のうち女性はふたりだけ。しかも配属されたのが同じ書籍事業部だったから、岡村と駒子はよく比較された。駒子も内心では苦手なタイプと思っていたが、まわりが勝手にライバルだと決めつけてけしかけるようなことを言うので、ますます敬遠するようになってしまった。それでも同じ部署にいる間は話をしたり、協力して仕事をすることもあったが、自分が管理課に異動になってからはそれもない。岡村は管理課との折衝《せっしょう》は極力部下にやらせようとしていた。いまさら協力しろと言われても、どうすればいいのか途方に暮れる。

岡村に続いて会議室を出て行こうとする松下を、駒子は「待ってください」と押し止めた。

「あの、どうしていまこの時期に昇進なんですか？　それも、一年以内には部長なんて……。いままでは社内に女性の部長はひとりしかいなかったのに」

駒子の質問に、松下は一瞬口ごもったが、

「さっきも、権藤さんが言ってたじゃない。それは君たちが優秀だからだよ。それ以上のことは僕にもはっきりとは……」

それだけ言うと、駒子の追及から逃げるように立ち去った。呆然《ぼうぜん》とする駒子は、そのまま椅子にへたりこみ、その場から動けなかった。

4

その日は早めに帰宅した。混乱して、仕事に集中できる気分ではなかったのだ。

「次長に昇進ってことは、お給料も上がるの？」

「それはたぶんね。だけど、仕事は確実にたいへんになる。給料据え置きでいいから、今のままがいいなあ」

駒子は達彦と向き合ってシャンパンを呑んでいる。いつもの家呑みは千円台のボトルだが、これはその三倍はするだろう。昇進と聞いて、達彦が急遽《きゅうきょ》買いに走ったのだ。つまみは燻製《くんせい》のチーズに作り置きのローストポーク、スライストマトに自家製のピクルスだ。

「昇進、嬉しくないの？」

「嬉しくないわけじゃないけど……腑《ふ》に落ちないことが多すぎて。なんで今なんだろう？　それに、なんで私なわけ？」

「それは駒子さんが優秀だからだって、上司も太鼓判押してくれたんだろ？」

「優秀ねえ。どうなのかな。管理部門の実績って数字では計りにくいから、私がそんなに評価されていたとは思えないんだけど」

事業部のおふくろさんの役目をそれなりにうまくやってきた自負はある。だが、それを実績と会社が評価してくれているとは思えなかった。

「そうなの？」

「特に女性の場合、はっきり見える数字を挙げないと、なかなか評価されないのよ。うちの会社でも女性で課長以上になってるのは、ほとんど編集部出身の人間。編集者は売り上げが数字で出せるからね。私が課長になれたのは運が良かっただけ。前の課長が病気で急に倒れたので、それを引き継いだだけだし。なのに、ほかの課長を差し置いてなぜ自分が、って思うのよ。そもそも部長への昇進が約束されてるなら、松下次長がやればいいのに」

駒子は手酌でシャンパンをグラスに注いだ。上等なシャンパンだけに、水のようにくいくい入っていく。

「確かにねえ」

達彦の顔は赤らんでいる。達彦はあまりお酒に強くない。ワインやシャンパンを呑むとすぐに顔が赤くなってしまうのだ。それでもお酒は好きなので、たまにこうして家呑みをする。会社の連中と必要以上につるむことのない駒子にとっては、いい息抜きになっている。

「これから部署をひとつ起ち上げるってたいへんなことだよ。しかも相手が岡村あずさでは勝ち目がない。誰も私が部長になるって思ってないんじゃないかな」

「じゃあ、そちらの方にバリバリ働いてもらって、駒子さんはのんびりやればいいじゃない」

「これがそうもいかないのよね。彼女、私のことが邪魔だと思ったら、追い出しかねないから」

駒子が管理課に異動したのは五年前。その当時は岡村と同じ編集部にいて、岡村が編集長に就任するのと同時だった。駒子と編集長の座を争うライバルと見られていたから、岡村が目障りな人間を追い出した、とみんなは噂した。駒子もそれが事実だろう、と思っている。

「じゃあ、駒子さんは追い出されないために、実績を作らないといけないってこと？」

「そうね。別に部長になりたくなんてないけど、あの人の部下になるのは気が進まない。自分がやった方がましかもしれない」

「ダメダメ、そういう言い方」

達彦が人差し指を立てて左右に振る。

「どういうこと？」

「冗談でも、同じ会社の男連中の前では、部長になりたくないなんて言っちゃダメだよ」

「えっ、なんで？」

「大多数の男はね、女より出世したいと思っているからさ。駒子さんは次長に昇進して、次は部長になるチャンスもある。なのに、部長になりたくないなんて言ったら、出世できない男連中はどう思うだろう？」

「それは……」

「男の嫉妬は怖いからね。注意した方がいいよ」

確かにそのとおりだ。この辞令が公《おおやけ》になったら、会社の男たちはどう思うだろう。嫉妬して、中傷してくる人間もいるだろう。

「なるほどねえ。それは気づかなかったわ。ありがと。とにかくチャンスではあるから、前向きに頑張ることにするよ」

駒子はグラスを掲げて、達彦のグラスにかちんとぶつけた。こういうアドバイスをしてくれるから、達彦はありがたい。

「ところで、達彦の方はどう？　仕事の話、どうなった？」

「実は、今日さっそく担当者に会って来ちゃった」

照れくさそうにしているが、聞いてくれるのを待っていた、という顔だ。

「えっ、もう？」

「うん。友だちに電話したら、すぐに担当者に連絡しろって言われてさ。電話したら、いまからでも来てくれって。それで新宿まで打ち合わせに行ってきた」

「へえ、それでどんな仕事？」

「仙台のガイドブックを作る仕事。予定していたカメラマンが病気で倒れたんだって。急なことだし、五日間の出張が入るから、困ってたみたい」

「どこの仕事？」

達彦は新宿に本社がある、地図やガイドブックを専門的に手掛けている出版社の名前を挙げた。

「へえ、大手なのね」

「実際には、そこの仕事を専門にやっている編集プロダクションからの依頼なんだけどね」

「ふうん。それで出張はいつになるの？」

「来週の月曜日」

「来週？　ほんとに急な仕事なのね」

「そう。ものごと、動く時には動くんだね。久しぶりの仕事、楽しみだよ」

「じゃあ、今日は達彦のお祝いでもあるのね」

「そうなるかな」

なるほど、いつもより高いシャンパンの理由は、それもあるのか。

「じゃあ、ふたりの仕事がうまくいくことを祈って、乾杯！」

「乾杯！」

そうしてグラスを掲げる達彦の目は生き生きと輝いている。こういう達彦の顔は最近見なかったな、と駒子は思う。

やっぱり達彦みたいな男でも、外で働く方がいいのかな。

駒子の胸はちくっと痛んだ。いままで家族のために達彦は我慢してきたのかもしれない。

「仕事うまくいくといいね」

駒子は繰り返した。自分の仕事も達彦の仕事も。

「うん、お互い頑張ろう」

達彦は笑顔でうなずいた。見ているこちらまで明るくなるような、気持ちのいい笑顔だった。

5

駒子と岡村の昇進が発表された途端、社内中に噂が駆け巡った。

「なんであのふたりが？」

「女だから贔屓《ひいき》されてるんじゃないの？」

「愛人の岡村を昇進させるために、水上を当て馬に使ってるんだろ。前もそうだったし」

「うまいことやったよな。ろくに実績も挙げないのに、いきなり次長だぜ」

「どれくらいやれるか、お手並み拝見だね」

　直接駒子に言ってくる人はいなかったが、たとえば駒子が部屋に入った途端、会話がぴたっと止まったり、遠巻きにこちらをちらちら見ながら笑いあっていたり、とあからさまな態度で噂話をしていることを見せつけられた。辞令が出るまではなごやかに談笑したり、駒子のいる管理課に雑談に来ていた人たちも、あまり寄り付かなくなった。部下たちでさえも、どこかよそよそしい。部屋の中に妙な沈黙が漂っている。

　気にしない。関係ないことはスルー、スルー。

　駒子は自分に言い聞かせる。噂や評判に一喜一憂していたら、会社ではとてもやっていけない。人の噂も七十五日。それまでは知らん顔をしてやり過ごすだけだ。

　駒子の後には、『カラーズ』編集長の井手が課長になることが決まっている。駒子と岡村、井手の辞令は七月一日付ということになっているが、内示が出された六月十日以降は、落ち着いて仕事はできなかった。井手にもろもろ引き継ぎをしなければならなかったが、同時に新部署の場所をどこにするか、人員配置をどうするか、什器《じゅうき》をどうするか、考えること、やるべきことはいろいろあった。仕事内容について考えるのはその後だ、と駒子は思った。

駒子は岡村に連絡を取ろうとした。しかし、内線に何度連絡しても、引き継ぎで出歩いているということで、なかなかつかまらない。総務との打ち合わせに同席してほしいという伝言を残したが、それも届かなかったのか、用事があって来られなかったのか、当日姿を見せなかった。そして三日後、ようやく内線が繫がった。

「岡村さん？　ああ、よかった。ようやくつかまった」

『どういうこと？』

電話の向こうの岡村の声は、いつものように冷静だ。

「今週あなたにずっと連絡してたんだけど、いつも外出しているって言われて電話が繫がらなくて」

『だったら、携帯に連絡くれればいいのに』

「だって、岡村さんの連絡先知らないし」

『昔と変わってないわよ』

しまった、と駒子は思った。同じ部署にいた時は岡村の電話番号も登録していたのだが、部署を異動した時、もう必要ないと思って消去してしまったのだ。

「ごめんなさい。携帯変えた時に番号移し損ねたみたい」

『いいわ、そんなこと。で、用件は何かしら？』

岡村はきびきびと会話を促《うなが》す。

「あの、いろいろ打ち合わせが必要かと思って。新しい部署の場所とか、早急に決めなきゃいけないし」

『えっ、決まってないの？』

「ええ、そうよ」

『てっきり総務の方からあなたに指示があったのかと思ったわ。あなた、打ち合わせするって言ってたでしょ』

「あら、私の伝言、伝わっていたのね？」

『そういえばいっしょに来てくれっていう話だったっけ。ごめんなさい、その日は一日中引き継ぎで外回りしていたから行けなかったのよ。それに、そういう話なら、あなたひとりいれば大丈夫だと思って』

「そんなわけにはいかないわ。場所をどこにするかって、大事な問題じゃない！」

思わず強い口調になった。目の前に座っている部下たちが、はっとしたように駒子の方を向く。彼らの視線を意識して、駒子は声のトーンを下げた。

「総務に相談したら、とりあえずふたつ提案されたのだけど……どちらに決めたらいいか、岡村さんの意見も聞きたいわ。場所の問題以外にもスタッフのことも相談したいので、打ち合わせの時間を取ってもらえないかしら」

部署を起ち上げるには、いろいろな雑用が降りかかってくる。それは岡村にも等分に働いてもらう。私だけやるなんてことはしない。

駒子の口調に断固とした決意があることを感じとったのだろう。数秒の間を置いて返事があった。

『わかったわ。今日一時から企画会議があるんだけど、その後でもいいかしら』

「ええ、大丈夫よ。今日は一日デスクワークだから」

『じゃあ、会議は三十分くらいで終わるので、終わったら連絡します』

面倒なことは極力避けたがるが、やると決めたら、岡村はてきぱきとものごとを進める。そのあたりも昔と変わっていない。

「よろしくお願いします」

駒子は電話を切った。部下たちの方を見ると、彼らは慌てて視線を逸《そ》らした。

岡村から連絡があったのは、一時十五分頃。思ったよりずっと早かった。指定された会議室に行くと、岡村がひとりで待っていた。今日はオレンジのワンピースにベージュのカーディガン。アラフォーだというのに派手な格好だ。もっとも、目も鼻も口も大きい、化粧映えのする派手な顔立ちの岡村には、華やかな格好が似合っているのだが。

「会議、早く終わったのね」

「どうせ、私にはもう関係のない会議だから。最低限の連絡だけして退散したの」

「でも、企画会議っていろいろ話し合うことがあるんでしょう？」

「そんなこと、新しいスタッフが考えればいいのよ」

突き放したような言い方に、駒子はぎょっとした。いくらなんでも冷たすぎる。

駒子の思いに気づいたのか、岡村が自らをフォローする。

「そんな顔しないで。私がいなくてもやっていけるだけのスタッフに育てたつもりはあるわ。それに、私の後釜《あとがま》は、私にあれこれ言われるのを嫌がるでしょうから」

「そうかしら」

「そういうものよ。部署も変わるし、私はもう関係ない人間だもの」

さばさばした岡村の言葉に、駒子は黙り込んだ。いままで精魂傾けてきた組織なのに、そんなにあっさり捨てられるものだろうか。私の方は、管理課の今後が気になってしょうがないのに。

「それより、総務はなんて言ってるの？」

岡村は話題を本筋に戻した。無駄なおしゃべりは不要という態度は、いかにも岡村らしい。

「総務の方も、急な話なので、まだ進んでいないみたい。とりあえず近隣のビルの中に一部屋借りるか、ここの二階のフロアの隅を空けてもらうかしかないそうよ」

「二階の隅？」

「いま、『月刊　俳句の景色』が使っている辺りを整理して、新部署の机を一列に並べたら、ってこと。どうせ俳句のスタッフはうちの部署の所属になるし」

駒子の提案を、岡村はにべもなく拒否した。

「それは却下。一列分空けるとなったら、ほかの部署にもしわ寄せがいくし、きっと嫌がられるわよ。スタッフの人数がそれで収まるかどうかもわからないし。それより、部屋を借りてくれるなら、そっちの方がいいんじゃない？」

「だけど、部屋を借りるとなると、その経費が新しい部署に加算されるわよ。家賃だけじゃなく、光熱費とか水道代とかも。ここの二階なら、自社ビルの中だから家賃は掛からない。光熱費などもほかの事業部と案分ということになるから、単独で支払うよりはるかに安い。新しい部署でどれだけ売り上げが立てられるかわからないのに、なるべく出費は抑えた方がいい」

「それはそうだけど」

岡村は不満そうだ。

「書籍事業部とは別の部署なのに、その隅に間借りするってのもおかしいでしょ。人数が増えたら収まりきらないし。ほかにどこか空いたスペースはないの？」

「そんなスペースがあったら、別の用途に使っているわよ」

駒子はむっとして答えた。総務だって、そんな場所があればちゃんと提示してくれる。いろいろ相談して、やはり二階のフロアを空けてもらうしかないだろう、という結論になったのだ。その打ち合わせに参加しなかった人間が、今さら何を言う。

「それをなんとかして、うちのために空けてもらわなきゃ。そうね、E会議室なんかどう？　スペース的にも手頃だし」

「手頃って……ちょっと広すぎるんじゃない？」

E会議室は小学校の教室くらいはあろうかという広さだ。参加者が四、五十人いる会議のためのスペースだが、そうした会議は第一本社ビルの方で行うことが多い。第二本社ビルの中にあるこちらの会議室の稼働率は低い。

「最初はそうかもしれないけど、一部署として成立させるには、最低でもそれくらいはいるでしょう。それに、資料や本を置くスペースも必要だし。そこでも狭すぎるくらいよ。……ああそうだ、一階の打ち合わせスペースを区切って使うっていう手もあるわね。そっちの方が広く取れるかも」

「それはそうだけど、打ち合わせスペースは稼働率が高いから、そこを狭くするとクレームが来るわよ」

「じゃあ、会議室を第一候補ってことで、総務に交渉してくれない？」

「え、私が？　あなた、それ……」

私ひとりに押しつけるつもり？　という言葉が口から出掛かったが、岡村がそれを遮《さえぎ》って言う。

「その代わり、権藤部長の承認は取っておくから。もともと書籍事業部しか使っていない会議室だし、部長がいいと言えば総務も反対しないでしょ」

「それは……そうだと思うけど」

岡村は権藤部長を説得するのに、絶対の自信を持っているようだ。その自信はどこからくるのだろう。ふたりがつきあっているという噂はほんとうなのだろうか。

「じゃあ、手分けしてやることにしましょう。それから、ほかに話すことは？」

「総務からは、什器をどうするか、机や椅子はいくつ必要かって聞かれているわ。でも、スタッフが揃わないと決められないし」

「あなた、まだスタッフのあたりつけてないの？」

岡村が驚いたように聞き返す。

「ええ、そんな時間は取れなくて。あなたの方は？」

「だいたいこんな体制でいきたいっていう希望はまとめたわ。社内で異動させたいと思うスタッフには声を掛けているし」

「もうそこまで」

「新しい部署で何が大事かって、やっぱり人だし。そりゃいちばんに考えるわよ」

すばやい。もしかして岡村がなかなかつかまらなかったのは、新スタッフ獲得のために動いていたからなのだろうか。私はまだ何も動いていないのに。

「とりあえず、机を二十人分入れてもらったら？」

「えっ、いきなりそんなに？」

「私の方、今のところ七人確保しているし、あと二人くらいあたりをつけてるから。あなたの方もそれくらい必要でしょ？」

「まあ、そうね……」

「余った分はフリーの人に使ってもらえばいいし、それで総務に交渉してくれないかしら。部屋の打ち合わせのついでにでも」

「……それは、そうね」

「それでレイアウト考えなきゃね。それによって什器を選ばなきゃ。什器のカタログとかはもらえるのかしら？」

「たぶん総務がくれると思うわ」

岡村の積極的な態度に、駒子はたじたじだ。自分は明らかに出遅れている。

とりあえずは、場所を決めてからレイアウトを考えようということで、打ち合わせを終えた。会議室を出て、管理課の自分の席に戻ると、駒子はぼんやり考えた。

自分はまだ新しい環境になることに、気持ちがついていっていない。いままでの仕事に対する未練がある。だから、新しい部署の仕事になかなか移れないんだ。

「あの、ちょっといいですか？」

耳元で声がして、駒子ははっと我に返った。部下の花田が机の前に立っている。

「あ、何？」

「いま、お時間ありますか？ ちょっと相談したいことが」

いつも浮かべている笑顔がなく、眉根に力が入っている。緊張しているようだ。

「え、ああいいけど」

花田が周囲をちらっと見回す。こちらを見ていた部下のひとりが、慌てたように顔を伏せる。なるほど、人には聞かせたくない話なのか、と駒子は推察する。

「どこか、ほかの場所で話す？」

駒子が問い掛けると、花田は表情を緩める。

「ええ、できれば」

「会議室でもいいけど、まともな珈琲が飲みたいな。ちょっと外に行こうか」

「はい。お願いします」

駒子は財布とスマートフォンをポーチに入れて、ホワイトボードに「打ち合わせ三時戻り」と記入した。

「こんなところに喫茶店があったんですね。初めて来ました」

花田は物珍しそうに辺りを見回す。その店に窓はなく、漆喰《しっくい》の壁に赤いビロードのカーテンが映える。室内にはアンティーク家具が置かれ、本物のレースのドレスを着たアンティークドールや手回しのオルゴールが飾られていた。

「ここは穴場なのよ。会社からちょっと離れているから、会社の人にも会わないしね。たまに息抜きに来るのよ」

駒子が説明していると、年配のウエイトレスがメニューと水を持って来た。珈琲をふたつ頼むと、駒子は花田に向き合った。

「話があるって、何かしら」

単刀直入に質問する。ここに来るまでに雑談はしているので、いきなり本題に入っても大丈夫だろう、という判断だった。

「あの、水上さん、新しい部署に異動になるんですね」

おずおずと花田が切り出す。そうか、私が異動になった後のことをこの子は心配しているのか。

「ええ。だけど、あなたのことは次の課長の井手さんにお願いしておくから大丈夫よ。井手さんは温厚な人だし、あなたのことも悪いようにはしないわ」

「ありがとうございます。でも、それより水上さんの新しい部署に、私も連れていっていただけませんか？」

「はあ？」

思ってもみなかった提案だ。花田は次の異動で書籍事業部とは関係ない部署に移りたいのだろう、と思っていたのだ。新規事業部は独立を予定しているといっても、当分は書籍事業部の中に位置づけられる。うまくいかなかったら、再び書籍事業部に吸収されるだろう。

「出過ぎたことを言ってすみません。でも、新部署には書籍事業部からも何人か異動になるって聞いてますし、だったら私でもいいのではないかと思って」

「えっと、ごめんなさい。まだ新しい部署のスタッフについては、全然考えていないのよ。私は自費出版をやることになっているので、『俳句の景色』のスタッフは引き取ることになりそうだけど、それ以外は……」

「でも、有賀さんの異動は決まったそうですね」

「有賀って言うと……」

「有賀さん。ミステリ文庫副編集長の」

「えっ、ほんとに？」

有賀は若いが仕事では頭角《とうかく》を現している。新規事業部のような、先の見えない部署によくぞ異動する気になったものだ。

「はい。岡村さんに口説かれて、ついていくことになったそうです」

「それは、誰が言ってたの？」

「みんな噂してますよ。噂の出所はおそらく有賀さん本人だと思うんですが」

やれやれ、と駒子は思った。駒子は会社の人と飲みに行ったり、食事に行くことも滅多にしない。だから、噂話を知るのもいちばん遅い方だったが、よりによって自分自身の仕事に関係したことを、みんなより遅く知ることになるとは。

「ほかに誰が行くとか、噂はあるの？」

「うちの高橋さんにも岡村さんは声を掛けたらしいですよ。どうするか、まだ決めてないらしいですけど」

「えっ、高橋くんにも？」

まだ決めてないということは、心は動いているということだ。高橋は正社員だ。本来なら新しい課長を助けて、部署をまとめていく立場にある。それなのに、異動に心動かされるというのはどういうことだろう。

「仕方ないですよ。高橋さん、管理部門より生産部門に行きたいってずっと言ってましたから。電子書籍でも編集者的な仕事はできるし、今のまま管理課にいるよりは楽しいと思ったんじゃないでしょうか」

「そうなんだ……」

そんなこと、ちっとも知らなかった。高橋がいままで管理課に対する不満を言ったことは一度もない。今の部署でずっと頑張るつもりだとばかり思っていた。

「高橋さんについては管理課に残った方がいいと思うのですが、私の場合はどうせ管理課にいられるのも半年ですし、新しい部署に移るなら、水上さんのところがいいと思ったんです」

「それは……どうして？」

「水上さんは女性なのに、フェアな上司ですから」

「女性なのにって？」

「女性の方がやりにくいことも多いんですよ、私の場合。上司でも、感情的になられる方が多いですから……」

花田はそうして遠くを見るような目になった。長い睫《まつげ》が白い頬に影を作っている。憂《うれ》いを含んだまなざし、とセンチメンタルな男なら言いそうだ。

「だけど、新規事業部はどうなるかわからないのよ。もしかして、失敗するかもしれないわ」

「その時はその時です。それに、水上さんも岡村さんもそこらの男性よりずっと優秀ですもの。きっと成功すると思うんです」

「そう言ってくれるのは嬉しいけど……」

「及ばずながら私も力になりたいと思います。どうぞ、私を新しい部署に連れていってください」

そうして花田はテーブルの上に手をついて深々と頭を下げた。そこへ珈琲が運ばれてくる。ウエイトレスは何事か、という顔でこちらを見ている。

「頭を上げて。珈琲が置けないわ」

花田が顔を上げる。ウエイトレスが珈琲をセットするのをふたりは黙って見ている。この申し出はどう考えればいいだろう。

『俳句の景色』から四人引き取ることは決まっているが、皆五十代のベテランばかりだ。若いスタッフが入ってくれるに越したことはない。だけど、将来性の見えない新しい部署にそうそう若い、やる気のあるスタッフが来てくれるとは思えない。岡村はどうやって有賀を口説いたのだろう？

だから、花田が自ら来たいと言ってくれるのは、渡りに船、すごくありがたいことだ。だけど、なんとなく気が進まない。いい子だし、過去の件にこだわっているわけではないが、駒子の直感が「やめた方がいい」と告げている。

「あの、ほんとのことを言うと、私、怖いんです」

駒子が躊躇《ちゅうちょ》しているのを感じたのか、花田が言葉を続ける。

「怖い？」

「ただ一生懸命仕事をやってるだけなのに、相手が男の人だとヘンに高く評価してくれたり、勘違いされたり……。仕事相手だけじゃなく、社内の人にもそういうふうに思われたりするから、どうしたらいいか、わからなくて……」

ああ、そうなのだ。この子ほどの美貌だと、男は平静でいられなくなる。特に文芸の編集者のように、相手の人間性と向き合う仕事の場合、いろいろと面倒なことも多いだろう。

駒子自身にも、苦い思い出がある。

かつて文芸編集者として仕事していた頃、ある新人作家を担当した。作家は駒子よりふたつ年下。大学在学中に書いたデビュー作がヒットし、映画化もされて一躍時の人となった。そのまま卒業して専業作家になったものの、二作目、三作目の売れ行きは悪く、本人は深刻なスランプに陥《おちい》っていた。駒子は作家を慰め、励まし、いっしょにアイデアを考えた。二年掛かって仕上げたその作品の帯に、若者に人気のミュージシャンの推薦コメントを付けた。それも功を奏して売れ行きは好調。発売後一週間で重版が決まった。その晩、作家とふたりお祝いの飲み会をした。その席で言われたのだ。

「僕がここまで頑張れたのは、あなたのおかげです。どうか、僕とつきあってください」

いきなりのことで駒子は驚いた。考えてみれば、作家はこれまでも「あなたがいなかったら書けなかった」とか「この本はあなたに捧げます」とか口走っていた。しかし、駒子は社交辞令だと思って真剣に取りあわなかった。作家がそういう風に担当編集者に感謝の意を表すことは、決して珍しいことではなかったから。仕事は仕事、恋愛とは別と割り切って、作家の想いに気づかないでいた自分を、鈍感だった、と今なら思う。そして、馬鹿正直に、

「仕事だから当たり前のことをしただけです。個人的な好意とは違います」

と言ってしまった自分を、青かった、と反省する。断るにしても、もう少し相手のプライドを傷つけないやり方があっただろうに。

作家は真っ青になって黙り込んだ。それっきり作家との信頼関係は切れた。作家はその後、駒子の会社と仕事しようとはしなかったし、駒子といっしょに作った単行本の文庫化権も、他社に持っていかれてしまった。単行本がベストセラーになり、文庫版はさらに売れることが予測されていただけに、これは痛手だった。

作家と編集者の関係は難しい。編集者は作家に好意を持たれるように動くのも仕事のうちだが、持たれすぎても困る。だけど、稀《まれ》に結婚に至る編集者と作家もいる

し、担当を外れても友だち付き合いを続ける人もいる。仕事以上の感情が芽生える場合がないわけじゃない。

仕事上の好意と個人的好意なんて、はっきりと分けられるものだろうか。人の感情に線引きは難しい。

「だから、管理課に来た時、ほっとしたんです。水上さんがフェアな方だから、職場も風通しがいいし、感情的なもつれとかもないし」

花田の言葉は、駒子のプライドをくすぐる。それは駒子が常日頃気に掛けていることだ。そこをちゃんと評価してくれるのは、悪い気はしない。

「上司が違うと、職場の雰囲気も変わるんですね。正直この会社に入って、初めてほっとしたんです。……だから、これからも水上さんについて行きたいんです。どうか、私を連れて行ってください」

花田は再び頭を下げた。

「そんなことしなくてもいいわ」

駒子は花田の肩を押して、顔を上げさせた。

「あなたがそんなふうに言ってくれるのは、ほんとうに嬉しいし、ありがたい。私の一存だけで決まることではないけど、あなたに来てもらえるように総務と交渉してみます」

花田の顔がぱっと輝いた。

「ほんとうですか？　ありがとうございます」

花田は手を伸ばして駒子の手を摑んだ。

「私、新しい職場で仕事頑張ります。水上さんに後悔させません。どうぞ、よろしくお願いします」

その嬉しそうな表情を見て、駒子は『まあ、いいか』と思った。この子が今以上にいい部署に異動できるとは思えない。上司を訴えた女という汚名は付いて回るだろう。だったら、私のところで引き受ければいい。少なくとも、私はそういうことでこの子が非難されるような不当なことはさせない。

「異動が決まったら、よろしくね。いっしょに新しい部署で頑張りましょう」

駒子の言葉に大きくうなずいて、花田は握った手にぐっと力をこめた。その手の冷たさに、駒子は微《かす》かに身震いした。

6

「ただいま」

達彦の声がしたので、大急ぎで駒子は玄関に出迎えた。

「おかえりなさい」

五日ぶりに帰宅した達彦は、少しくたびれた顔をしている。

「どうだった？　仕事、うまくいった？」

「うん、なんとかなった。だけど疲れたー」

達彦は片手にキャリーケース、片手にはカメラケースを抱えていたが、それを玄関の隅に置くと、そのまま自分も上《あが》り框《かまち》に身体を投げ出した。

「もう、しんどくて、死ぬかと思った」

「そんなところで寝転がっていないで。夕食できているよ」

「うん、ありがと。あっ」

「どうしたの？」

「いや、ここ、汚れていると思って」

達彦は廊下の隅を指でなぞった。

「埃《ほこり》、溜まっているよ。駒子さん、掃除機掛けてないでしょ」

「え、ええまあ。今週はいろいろ取り込んでいたから」

そんなことを言われても困る。まるでひと昔前の姑《しゅうとめ》の嫁いびりみたいだ。達彦が外出していた間、自分も会社に行って仕事をしていたのだ。新しい部署のことで頭がいっぱいで、家の掃除どころではなかった。

「澪はどうしてる？」

「二階にいるわ。食事終わったらすぐに上がって行った」

澪はもともと口数が多い方ではなかったが、達彦がいないと会話がまったくはずまない、ということにあらためて気づかされた。ふつうの家族なら母親の方が同性の娘とは親しいそうだが、うちはそうじゃない。

駒子の胸はちくりと痛んだ。性別よりも、いっしょにいる時間が長い方が、親しみは増すのだ。

「そういえば、外のゴミ箱にペットボトルがあふれていたけど、収集日に出すの忘れた？」

「えっ、ああ、ごめん。忘れてた」

「ビンとペットボトルは隔週でしか収集がないから、一回出し損ねると、二週間待たなきゃいけないんだ。だから、忘れないようにって言っておいたはずだけど」

「悪かった。仕事のことで頭がいっぱいで、完全に頭から飛んでいた」

「まあ、仕方ないね。今度からは気をつけて」

やれやれ、と駒子は思う。帰って早々、そんなこと言わなくてもいいのに。

駒子はキッチンに戻り、作っておいたカレーを温めた。会社から帰宅して作ったのだから、そんなに凝《こ》ったものは作れない。

「あ、カレーなんだ」

手を洗ってリビングに入ってきた達彦の声には、敬遠するような響きがある。

「カレー嫌なの？」

達彦はカレーが好きだった。スパイスをミックスして二日がかりで作る本格的なものを自分では作ったが、駒子がたまに作る市販のルーを使ったお手軽なカレーも好んで食べていたのだが。

「いや、昨日一昨日《おととい》がカレー店の取材だったんだ。それで、ちょっと」

達彦はそんなふうに弁解する。グルメの取材の場合、撮影をした食べ物は取材したスタッフで食する。カメラマンと編集者兼ライターのふたり旅だったはずだから、何度もカレーを食べるはめになったのだろう。

「ごめん、ほかのにすればよかったね」

「いや、大丈夫だよ。駒子さんの作ったカレーはお店のものとは別格だから」

達彦は駒子を気遣ってそんなことを言うが、ほんとうは嫌なんだろうな、と駒子は思う。

「それより聞いてよ。仙台の撮影、すっごくたいへんだったんだ。仙台だけじゃなく、宮城県全般の撮影だったんだよ。それも、二冊分のガイドブックの撮影をしたんだから」

達彦は気まずい空気を変えようと思ったのか、仕事の話を始めた。

「二冊分ってどういうこと？」

「今回の取材をもとに、ガイドブックを二冊作るんだって。ひとつはふつうのガイドブックで、もうひとつは中高年向けのやつ。だから、同じ店でもちょっとずつパターンを変えて撮影してくれって言われたんだ。もう、信じられないだろ？」

「それで撮影費は一冊分なの？」

「そうなんだ。ちょっと割高だと思ったら、そういうカラクリだったんだ」

近頃は本が売れない。ネットにいろんな情報が載っているから、雑誌やガイドブックの売り上げの落ち込みは激しい。編集部はどこも経費節約だとは知っているが、まさか二冊分の仕事を一度ですまそうとするとは。

どこもたいへんなんだなあ、と駒子は思う。

「世の中、うまい話はないってことね」

しばらく仕事を離れていた達彦に、そんなにいい話が来るわけはない。おそらく予定していたカメラマンに逃げられたので、事情を知らない達彦に声が掛かったのだろう。

「ほんと、しんどかったよ。一日なんて、移動の車の中で寝たんだから。俺ももう若くないし、スケジュールをあらかじめ知ってたら断っていたよ」

根が陽気な達彦にしては愚痴っぽい。よほどつらい目にあったのだろう。

「それでもまあ、無事終わったんでしょ」

「たぶんね。これからデータの整理して、それを編集部に渡したら終わり。データが膨大《ぼうだい》だから、たいへんだよ」

「お疲れさま。あと少し、頑張って」

「ところで、駒子さんの方はどう? 仕事は順調?」

「うーん、今のところは。新しい部署は岡村さんの提案どおりE会議室に決まったわ。部長が許可してくれたんで、総務にもなんとか話が通ったの」

「そりゃ、よかったじゃない」

「まあね」

改めて、岡村の権藤部長操縦法に駒子は舌を巻いている。自分の方は総務を説得するのに時間が掛かった。最後には総務部長の関根淳《せきねじゅん》まで出てきて「勝手なことを言うな」と説教をされたくらいだ。その後、岡村から要請を受けた権藤が、直接関根部長に話をつけたので許可が下りたのだ。おそらく自分が頼んでも、権藤は動いてくれなかっただろう。

「部屋のレイアウトも決めたし、明日には机や本棚も入るから、明後日には移れるはず。岡村さんは早々に移るみたいだけど、私は引き継ぎもあるし、辞令どおりに

　七月一日から移ることにするわ」

「それで、スタッフは決まったの？」

「うちの課はもとから決まっている『俳句の景色』のスタッフ四人と花田さん。私を入れて六人でスタートになる」

「ふうん、それで大丈夫なの？」

「まだ仕事内容自体がはっきり決まっていないんだもの。それに、六人のうち正社員が四人だから人件費も高いのよ。仕事が軌道に乗るまでは、これ以上増やせないわ」

　しかも『俳句の景色』のスタッフはみなベテランだ。契約社員でもそれなりの給与が支払われている。いままでいた管理課と人数は同じだが、自分は次長だし、『俳句の景色』の編集長は課長待遇だから、人件費の総額はずっと高くなっている。

「でもまあ、よかったじゃないか。形はできてきたんだね」

「うん。これから何をするか、それが問題だけど」

「大丈夫、新しい職場は駒子さんひとりじゃないでしょ。スタッフみんなで一生懸命考えれば、何かアイデアは浮かんでくるよ」

「そうね。場所を移ってから考えよう。引き継ぎが完全に終わったわけじゃないし、うちでうだうだ考えても仕方ないものね」

「そう、その意気。ところでビールない？　今日は飲みたい気分」

「そうね。達彦の仕事の再開と、私の仕事が始まるお祝いだものね」

駒子はそう言いながら、キッチンへと向かった。

7

七月一日から新しい場所に移って、新しい仕事が始まった。

「おはようございます。新しい部署のスタートですね。これからいっしょに頑張りましょう」

雑誌『俳句の景色』から来た四人は、編集長の中江武志《なかえたけし》、海老原晴男《えびはらはるお》、庄野善作《しょうのぜんさく》、池端澄子《いけはたすみこ》だ。全員五十代、中江と海老原は正社員で、庄野と池端は契約社員である。編集者というより、みな学校の先生のような生真面目な雰囲気を醸《かも》し出している。無理もない。四人とも長年俳句一筋でずっとやってきたのだ。いまさら新規事業部で何か新しいビジネスを起ち上げると言っても、それについてこられるかどうか、わからない。

「初めてですので、自己紹介から始めましょうか。では」

そちらの端から、と駒子が言おうとするのを遮って、真ん中にいた中江がしゃべり始める。駒子が調べたところによれば現在五十七歳、入社以来ずっと『俳句の景色』にいる、いわば俳句のスペシャリストである。恰幅《かっぷく》がよく、白髪交じりの髪にブランドもののスーツが似合っている。靴もインポートの高級品だ。駒子よりずっと押し出しがいい。

「編集長の中江武志です。『俳句の景色』の編集を三十年ばかりやっております。おかげで、俳句の世界じゃちょっとばかり名前が知られています。まあ、狭い世界ですからな。はっはっは。最近はタレントが俳句を作ったりするテレビ番組が人気で、若い人でも入ってくるようになりましてね。五七五の短い言葉の中に宇宙がある。それがまあ、いつの時代でも日本人のこころを捉えるんでしょうな。僕も会社に入ってから俳句に触れるようになりましたが、三十年関わってもまだ奥深い。終わりのない世界ですよ」

「ありがとうございます。では、次の方」

ほうっておけば、いつまでもしゃべっていそうなので、駒子は強引に中江の話を切った。中江は不満そうにぎろっと駒子を睨《にら》んだ。

「副編集長の海老原です。どうぞよろしくお願いします」

海老原はにこりともせず、必要なことだけをしゃべった。彼は五十一歳。二十代は純文学の部署にいたが、身体を壊したのだか、精神を病んだのだかで長期療養。

仕事に復帰したと同時にこの部署に異動になり、現在に至る。細身で神経質そうで、ずっと独身を貫いている。なかなか気を遣いそうな相手である。

「庄野といいます。私はもうすぐ定年ですから、それまで仲良くやりましょう。仕事の方は、自費出版をやっておりますから、口うるさい著者の相手には慣れていますよ。なので、困ることがあったら、いつでも言ってください」

と、愛想よく自己紹介する。本人の言うとおり、あと半年経たずに六十歳で定年を迎える。奥さんが学校の教師で親の家を相続しているから、契約社員でもお金には困っていないらしい。退職後は悠々自適の隠居生活を送る、とまわりに公言している。

いままでの中ではいちばんまともだ。それなのに、すぐに退職というのは残念だな、と駒子は思う。

「池端澄子です。私は雑誌半分、自費出版半分でやっています。これといって得意なことはありませんが、よろしくお願いします」

池端はかつては正社員だったが、親の介護で一度退職。三年後に契約社員として復帰したという。実は編集部でもいちばんの切れ者という噂があり、俳人関係者にも信頼が厚いことから、乞われて同じ部署に復帰したといういきさつがある。年齢はこの春五十歳になったところだ。

全員駒子より年上。それに俳句のスペシャリストという自負もある。彼らを率いてやっていくのはなかなか難しそうだ。

「花田瑠璃子と申します。水上さんについて管理課から異動してきました。俳句についての知識はありませんが、前は文芸の方にいましたから、多少は編集的なこともできると思います。よろしくお願いします」

地味な中高年に囲まれて、ひとりだけ花が咲いたように花田の存在は瑞々《みずみず》しい。

「ああ、あんたが噂の。どんな娘かと思ってたけど、やっぱり美人だねえ」

中江が無遠慮に花田の顔を眺める。花田は慣れているのか、

「そんなことありませんよ」

と、軽くあしらう。噂のことも気にしていないふうを装っている。

「私は水上駒子といいます。管理課からこちらに異動になりました。これから皆さんと一緒に新しい部署を大きくしていきたいと思います。よろしくお願いします」

駒子が頭を下げると、皆もあわせて頭を下げる。中江は軽くうなずいただけだが。

「さて、これからの事業計画ですが」

駒子が言い掛けると、中江がまたも話を遮る。

「私らについては、これまでどおりでよいと心得ております。異動にあたっては、

させた。

権藤部長からそのように伺っていますし」

中江がほかのスタッフを見ると、彼らは「同意」というようにこくこく頭を上下

「そもそも出版社は営利企業ですけど、文化事業でもあるわけです。この会社は元々戦後の混乱の中で『我が国の文化の火を消してはいけない』という創業者の崇《すう》高《こう》な志から始められた会社です。そして最初に作られたのが、この『俳句の景色』なわけです。したがって、この雑誌と俳句の出版物は、会社創設以来事業の根幹を成すものであります。そうした経緯から、我が編集部主催の俳句賞の選考委員にも代々の社長が名前を連ねており、三代目におかれましても、俳句に対する理解は深い。時代が変わっても、俳句の文化は残しておかねばならない、そうおっしゃっています。不肖《ふしょう》私も、そしてここにいる『俳句の景色』の編集者たちも、それが自分の使命と心得、俳句に自分の人生を捧げてきた者たちであります。それをいまさら変えることは、次長殿といえどすべきではないことと思われます」

事前に準備していたのか、淀みなく中江は話し続けた。話は長いが、要するに自分たちはいままでどおりの仕事しかしたくない、ということだ。

やれやれ、だ。もともと書籍事業部の文芸二課にあっても『俳句の景色』は特殊な編集部だった。ほかの部署との仕事上の交流はなく、売り上げとか予算管理につ

いても細かく問われることはない。スタッフたちはいつも暇そうに机の前に座っている。書籍事業部のお荷物、と陰口を叩かれても「会社創設以来の伝統の部署」という建前を看板に、当人たちは胡坐《あぐら》をかいている、と傍《はた》からは見えていたのだ。

　面倒を押しつけられたかな、と駒子は思う。権藤部長が以前から『俳句の景色』のことを邪魔に思っていたことは知られている。俳句はごく潰しという陰口を、駒子も本人の口から聞いたことがある。新規事業部を起ち上げるにあたって、邪魔な部署を丸ごと処分したかったのではないだろうか。

「もちろん俳句と我が社との関係はよく存じておりますし、その歴史に私も敬意を表します」

　駒子は微笑みながら語る。中江は我が意を得たり、という顔で何か話し始めようとしたが、駒子はさらに続ける。

「しかし、書籍事業部からこちらに移ってきたのですから、いままでとまったく同じということはありません。歴史を大事にしつつ、新しい読者を獲得するために、改めるところは改める。新しく始めることは始める。『俳句の景色』を未来に繋げるために、できるだけのことをしていきたいと思います。これから、力をあわせて頑張りましょう」

　中江は憮然としている。ほかのスタッフも懐疑的な目でこちらを見ているが、駒子は知らん顔をした。

「では、仕事に戻ってください。机や本棚の整理はなるべく今日中に終わらせてくださいね」

駒子の言葉に、それぞれみんな自分の席へと戻って行く。駒子も自分の席の周辺の整理を始める。昨日まで管理課の引き継ぎに追われていたので、荷物の入った段ボールは管理課から運ばれたまま、机の上に積み上がっている。ガムテープを剝がして荷物の中身を取り出し、引き出しの中にしまっていく。

全盛期の『俳句の景色』は一万人近くもの読者を獲得していたそうだが、俳句自体の衰勢、読者の高齢化、さらには俳人や結社自体の減少から、長期低落傾向にある。管理課時代の駒子とこの編集部とのいちばんの関わりは、『俳句の景色』の関係者の弔電《ちょうでん》や香典、葬儀用のお花を手配することだったというくらい、高齢化が進んでいるのだ。

この雑誌をビジネスの中心に据えるのは、無謀だし未来もない。すぐにも何か新しい事業を起ち上げなければ、自分たちの人件費すら出ないだろう。だが、ほんとうに彼らの協力を得られるだろうか。

駒子は部屋の西側にいる岡村を見た。会議室の東半分が駒子の部署、西側が岡村の部署となっている。岡村の部署は先月のうちに引っ越しをすませ、すでに各自仕事に全力投球だ。部屋の隅のソファで岡村を中心に四人が電子書籍の展開案について話し合っている。これまで総務で海外との版権ビジネスを担当していた女性が英語で電話を掛けている。残りのスタッフ四人もそれぞれ忙しそうに自分の仕事を進めている。その中には、かつて駒子の部下だった高橋やミステリ文庫の有賀もいる。岡村以外のスタッフはみな二十代から三十代。若々しいエネルギーが満ちている。新規事業部という名前にふさわしいメンバーだ。よくこれだけの若手を引っ張ってこられたなあ、と駒子は感心する。

こちらのスタッフは、花田と自分以外は五十代。長年同じことしかやろうとしてこなかった人たちの、どこか停滞した空気が充満している。机と椅子も岡村の部署と同じ、十席を用意はしてあるが、四席は空いたままだ。

さて、これからどうしようか、と駒子は考える。とりあえずは、これまでの『俳句の景色』の状況をチェックすることだろう。

「中江さん、『俳句の景色』の部数とか原価計算の記録はありませんか？」

「えっと、原価計算の記録とは？」

「部決会議の時に用意するでしょう？」

「部決会議って、部数決定会議ですか？」

「はい、もちろん。毎月発売前に営業部と会議をするはずですが」

「いやー、うちの雑誌はほかと違って治外法権でね。いちいち部決はしないんですよ」

「えっ？　そういうことってあるんですか？」

原価計算というのは、その本や雑誌を作るのに経費や印刷代がいくら掛かるか、どれくらいの値段で何冊売れれば採算点がクリアできるかをシミュレーションするものである。それがなければ、部数も価格も決めることができないはずだ。

「うちは毎号三千部と決まっていますし、定期購読も多いですから」

それは駒子も知っている。定期購読分の発送を運送業者に手配するのも、管理課の仕事だったのだ。それでも、毎号経費などは微妙に変わるし、部数も百冊単位で調整したりする。出さないはずはないのだ。

「会議はやらなくても、一応部決資料は作るでしょう？　それは残っていないんですか？」

「資料？　そんなものはありませんよ。僕ら編集はよい雑誌を作ること、よい俳人を見つけ、育てることが仕事ですから。数字とかそういう細かいことはほかの部署の仕事でしょう」

「とは言っても、部決資料は編集長に配られるはず。それは残っていないんですか？」

「ありません。そんなもの何の役にも立たないし、持っていてもしょうがない」

そう言って中江は胸を張る。後から知ったのだが、中江は整理魔で、よけいな資料や書類は持たないことを誇りにしていた。だから、いらないものはどんどん処分するのだ。おかげで中江の席のまわりはすっきりしている。悪いことではないが、原価計算の書類は取っておくべきものではないのか。

唖然としていると、横で話を聞いていた庄野が駒子に声を掛ける。

「もし、必要でしたら、文芸二課の東山《ひがしやま》課長のところに行くといいですよ。東山課長がいままでのうちの上司でしたし、そちらの方で必要な書類は取ってあるはずだから」

「東山さんですか」

駒子は唇を引き結ぶ。東山課長の机を思い浮かべた。彼は社内きっての整理下手で、机の上は何やら荷物で溢れ返っている。大事な書類もしばしば紛失している。さして重要でもない『俳句の景色』の原価計算なんて、どこかに埋没《まいぼつ》して出てこないだろう。それより、経理に頼んだ方が早そうだな。

そう思った駒子はすぐに立ち上がり、経理部へと向かった。そして、経理課長に直接談判する。

「『俳句の景色』関係の書類?」

「ええ、部決資料とか、経費の内訳とか人件費とか、もろもろあるだけいただければと思うのですが」

「もちろん書類はちゃんとありますけどね。今すぐ出せと言われましてもねえ。こっちもいろいろと仕事があるんでね」

「そこをなんとか」

「今週中は無理ですね」

経理課長はそっけない。忙しいのに余計な仕事を振ってくれるな、と言わんばかりだ。

「来週でもいいですから。新しい部署の数字を把握しておかなければ、これからの方針も立ちませんので」

駒子の懇願《こんがん》に、課長は仕方ない、というような大げさな溜息を吐いてみせた。

「来週必ずという確約はできませんけど、書類を出すようにはしてみます」

「ありがとうございます。よろしくお願いします」

駒子は頭を下げて経理の部屋を出た。

それにしても『俳句の景色』の状況を知りたい、たったそれだけのことなのに、なんでこんなに面倒なんだろう。『俳句の景色』がほんとうにこの会社のビジネスとして成り立っていたのか、そのほんとうのところを、誰も確かめようとしていなかったのではないか。

その時、ふと気がついた。

そうだ、原価計算だけなら、管理課に残っているはずだ。なんで最初に思いつかなかったんだろう。

駒子が課長をしていた頃に、原価計算のデータを紙にプリントアウトして、それを雑誌別にファイリングするようにした。だから、管理課に行けば原価計算は手に入るはず。駒子はさっそく管理課に顔を出し、目的のものを入手した。自分の席に戻って資料を開いた。

過去三年分の原価計算を見て、思わず「うわっ」と声が出た。『俳句の景色』が赤字であることは予想どおり。もっとも、一号あたり二百万くらいだから、それほど大きな数字ではない。しかし、内訳を見ると、間接費が四〇％を超えている。これはなかなかの数字だ。生産に直接関わる原稿料や印刷代、紙代などを除いた出費を間接費というが、これはおもに人件費や会議費、交際渉外費などで、できれば二割以下に抑えたいところだ。

これはどう考えても人件費だな。五十代の正社員が二名、契約社員が二名というのはいかにも人件費が高い。さらに、もし売り上げがほかで立てられなかったら、自分と花田の分もこれに上乗せされるのだ。

過去のデータを見ていく。中江の話とは違って、毎号ちゃんと経費や刷り部数も変わっている。数百の単位だが上下があり、少しずつ減っている。現在は二千二百部に落ちている。

ふうむ、自分の雑誌の部数も把握していない編集長か。駒子は溜息を吐く。

数字の読めない編集者は意外に多いが、雑誌編集長がこれでは困る。

ふと気がつくと、駒子の部署は池端と花田以外、誰もいなかった。ホワイトボードを見ると、中江たち三人のところには「本郷　直帰」と書かれている。

「本郷って、何があるのかしら？」

「昔からのつきあいの俳人が亡くなられたんです。今日はお葬式なので、そのお手伝いに」

池端が答える。池端はグレーのスーツに身を包み、眼鏡に髪も後ろにひっつめている。化粧っけもほとんどなく、ひたすら地味な印象だ。今は男連中がいないせいか、表情が少し和《やわ》らいでいるようだ。

「お葬式？　喪服に着替えたのかしら」

「はい。うちの部署では喪服は必需品なので。皆さん、ロッカーの中に喪服と黒いネクタイは常備していらっしゃいます」

「お葬式、そんなに多いんですか？」

部下とはいえ、自分よりずっと年上の女性にぞんざいなしゃべり方はできない。つい敬語になる。

「俳人も高齢化していますし。いままでうちとのおつきあいのあった先生と、そのご家族のお葬式には出ないわけにはいきませんから。編集長は土日というと句会か葬式に出ている感じです」

「それは、たいへんですね」

「でも、そうした場所にマメに顔を出すことで俳人との関係も深まりますし、自費出版の仕事にも繋がりますから」

「なるほど、葬式外交というか、それが営業の手段にもなるんですね」

駒子は感心した。それぞれのセクションでそれぞれのやり方があるものだ。

「池端さんは出ないんですか？」

「私は留守番です。全員出払ってしまうと、何か連絡が入った時、困りますから。それに、私の場合は母の介護があって、定時に帰らないといけないので」

「葬式に出ると、定時には帰れないの？」

「時と場合によりますが、そのままお酒の席に流れ込むこともあります。……私はそういう席は苦手なので、かえって助かります」

なるほど、営業的なことは中江やほかの男性たちが引き受けて、事務的なことは女性の池端が担当するのか。調べてみると、自費出版の三分の二は池端の仕事であった。それはそれでうまく分業できていることにはなるが、池端に仕事の比重が掛かりすぎている。

「あの、水上さん」

花田に声を掛けられて、振り向いた。

「これ、他社で自費出版を手掛けている会社のことを調べてみました。自費出版を増やしたいということなので、参考になるかと思って」

花田がA４の紙の束を駒子に手渡した。頼まなくても、ちゃんと仕事をみつけて行動するのは、いまどきの若者としては珍しい。

「ありがとう。助かるわ」

駒子は自分の席に着いて花田のレジュメを読む。レジュメはよくまとめられていた。各社のサービス内容、値段、募集要項などを一覧表にしている。それぞれの特徴が一目瞭然だ。

自費出版は確実な儲けを出すということで、いまやそれ専門の会社だけでなく、大手出版社でもこぞって手を出している。文芸の版元から生活雑誌の専門出版社までと、幅広い。競争が激しい分、値段を下げたり、各社さまざまなサービスを行っている。書店と契約して発刊した本を書店の棚に並べているところもあれば、装丁を自社の新書そっくりにして、自費出版でないように見せかけているところもある。新聞社でも自費出版を積極的にやり始めた。文章が書けない人の代わりに、新聞記者が聞き書きをするプランも提示している。そうして発刊した本を新聞の中で紹介する。広告ページだが、素人目には記事のようにも見える。

こういうことをやられたら、うちじゃ太刀打ちできないなあ。文芸の老舗《しにせ》だったりすると「ここで出したい」という顧客もいるかもしれないが、うちのように、コミックやライトノベルの方が目立つような版元では、立ち位置が難しい。

俳句に関しては伝統があるし、うちで出すのがステイタスだと俳人には思われているそうだ。その分、誰でも出すという訳にはいかない。ほかの俳人も納得するような人のものを厳選して出す、という建前になっているらしい。

しかも、俳句に関しては先細りだ。何か新しい突破口を見つけないと、部署としての売り上げが立たないだろう。

どうしたらいいのだろうか。

いまさらながら仕事の先行きの暗さに駒子は頭を抱えていた。

8

「ねえ、私のシルクのカットソー知らない？」

駒子はパジャマのまま階下に降りてきて、キッチンにいる達彦に問い掛けた。

「シルクのって、白いやつ？」

「うん。見当たらないんだけど」

「ああ、ごめん、まだクリーニングから取ってきてないや」

駒子は調理台の上の皿をちらりと見て、朝食のメニューをチェックする。今朝はベーコンエッグにレタスにトマトときゅうりのサラダ。それにトースト。栄養バランスは取れているが、三日連続で同じメニューだ。少し前まではもっと凝ったメニューを、日替わりで出してくれたものだが。

「ええっ？　前に着たの、もうひと月前だよ」

「ごめん、ごめん。出張とか入ったから、取りに行くの、うっかり忘れていた」

最近の達彦は、そういうことが多い。仕事を再開してまだ慣れていないせいか、家事が前より雑になっている。だが、それを責めるわけにもいかない。

「じゃあ、ほかのを着ることにするわ」

駒子はそう言って寝室に戻る。

あれは勝負服だから、ほんとは着て行きたかったんだけどな。

今日は気の張る会議だ。新規事業部になって初めての部長会議。駒子は次長だが、今の部署にまだ部長はいない。書籍事業部の権藤が名目上は部長だが、一時的なものだからと、こちらの仕事にはノータッチだ。部長会議には駒子と岡村の両方が出るように、と言われている。しかも、いきなり新部署の事業計画を発表しろ、ということだ。それで、岡村に、どういう内容を発表するかすりあわせしよう、と提案したが「それぞれ、これからやることを発表すればいいんじゃない？ そんなことで打ち合わせをする時間がもったいないわ」と一蹴《いっしゅう》された。

同じ事業部だが、まるで他部署の人間のようだ。岡村にとっては、駒子の部署は関係ないもの、と思っているのだろう。

駒子はクローゼットからグレーのスーツを取り出す。気の張る会議の時は、これとシルクのカットソーが定番なのだが、今日は別のインナーにしなければならない。

箪笥《たんす》の引き出しから白いレースのカットソーを取り出した。

シルクのじゃなければこれかな。長袖だから、いまの季節にはちょっと暑いかもしれないけど。

駒子はカットソーに腕を通し、さらにパンツスーツを身に着けて鏡を見る。ちょっと地味かな。でも、派手すぎるよりはましかも。おじさんばかりの会議だから、派手にすると悪目立ちするし。これに、パール一粒のネックレスも着けて行こう。そうすれば少しは華やかに見えるだろう。

今日の会議にはどんなメンバーが集まるんだろう。部長会議は各部署の部長以外に、専務や常務も顔を出すことがあるらしい。今日は重要な案件はないから、専務までは来ないだろうけど。それにしても、いままで部長クラスが揃ったところで発言する機会なんてほとんどなかったから、やっぱり気が重いな。偉い人はなるべくいないといいんだけど。

しかし、その考えは、会議室に入った瞬間に『甘かった』と気づいた。会議室の奥の上座には専務も常務も座っている。

うわ、会社の偉い人が勢揃いだ。今日に限ってどうしてなの？

入口のところで駒子が立ち竦《すく》んでいると、

「あちらに座りましょう」

と、後ろから岡村の声がする。岡村の姿に思わず目を奪われた。ネイビーのインナーと明るい水色のスーツにヴァンクリーフ&アーペルのブレスレット。いつものパンツスーツではなく膝丈のスカートで、かたちのいい脛《すね》を見せている。初夏らしいさわやかなコーディネートだ。それに比べると、自分のグレーのパンツスーツは重苦しい。フォーマルを意識したつもりだが、岡村と並ぶと、季節外れで野暮ったく見えるだろう。

ただでさえ気後れしているのに、駒子はますます身の置き所がない。会議室の出入口に一番近い下座の席にふたり並んで座った。そこから全体を見回す。全員で二十人ほど。机は会議室いっぱいにロの字型に並べられているので、それぞれ内側を向いて座る形になる。出席しているのは、社員総会でいつも檀上にいるような顔ばかり。全員ダークな色のスーツを着用していて、平均年齢も高い。五十歳になったばかりの書籍事業部の権藤が若手に見える。

場違いだなあ。

自分と岡村のふたりだけが女性。嫌でもほかとの違いを意識せざるをえない。それに、部内会議や連絡会議では上座の方に座っているけど、ここでは一番下っ端だ。実際、まだ部長ではなく次長なのだから当然だが。

駒子は発表用のメモをチェックしていると、ざわついていた会議室が静かになった。あれ、と思って顔を上げると、奥の扉から社長が入ってくるところだった。

思わず「げ」と声が出掛かったので、慌てて手で自分の口を押さえた。

社長を誘導してきたのは制作部の女性部長木ノ内《きのうち》瞳子《とうこ》。現在、この会社で唯一の女性の部長だ。五十代後半だがまだまだ美人の部類に入るだろう。栗色に染めた髪にマックスマーラのベージュのスーツは似合ってはいるが、スカートの丈が短めで、少し若作りな印象がしないでもない。駒子は席を立つべきかとまわりを見回したが、ほかの部長連中は座ったままで、しゃんと背筋を伸ばしている。駒子も慌ててメモから両手を離し、膝の上に重ねる。

社長が会議室の上座に座り、その横に木ノ内が座った。

「みなさん、揃いましたので、そろそろ始めさせていただきます。社長、よろしいでしょうか?」

司会を務める総務部の関根部長が、社長にお伺いを立てる。現社長の棚橋浩介《たなはしこうすけ》は五十二歳。三代目というのが通称だ。

「今日は新規事業部のふたりの所信表明があると聞いて参加することにした。……えっと、岡村さんと水上さんだったね」

社長が満面の笑顔でこちらの方を見る。社長は小柄で痩せており、頭も薄くなりかかっていて、押し出しはあまりよくはない。社員たちの前に出る時は、いつも人好きのする笑顔でにこにこ愛想よくしている。だが、それは表の顔で、根はかなりの切れ者で神経質、側近に対しては激しい言葉で叱責することもよくあるらしい。

「はい、そうです」

咄嗟に答えられない駒子に代わって、岡村が落ち着き払った声で返事する。

「発表、楽しみにしているよ」

岡村の方に、いつもの笑顔を向ける。

「ありがとうございます」

岡村が頭を下げるので、駒子も慌ててそれに従う。

こんなおおごとになるとは思わなかった。会議資料も、もっと凝ればよかったかな。だが、いまさら思っても仕方ない。手持ちの札で勝負するしかない、と駒子は大きく息を吸う。

「それから、会議の前にひとつみんなに紹介がある。既に知っていると思うが、先日の株主総会で、木ノ内瞳子さんが取締役に就任されることが正式に決まった。我が社では初めての女性の取締役だ。みんなも知ってのとおり優秀な人なので、取締役となってもますます活躍してくれると思う。木ノ内さん、ひと言挨拶を」

社長に促されて、木ノ内が立ち上がった。木ノ内は口角を上げて微笑んでいるが、目は笑っていない。この人はいつもそうだった、と駒子は思う。

駒子が入社した当時、書籍事業部の部長は木ノ内だった。権藤とは別の意味でやりにくい上司だった。権藤は無責任だしきまぐれだが、部下に対しては放任主義。なので、ミスをしない限りは好き勝手に仕事ができた。一方、木ノ内は何かあった時には尻拭いしてくれるが、日頃の仕事のチェックも細かかった。新人で右も左もわからない頃だったので、企画書の書き直しなども何度もさせられた。いまになってみればそれはありがたいことだったと思うが、当時は木ノ内の融通の利かなさにずいぶんつらい思いをさせられたものだった。

「このたび取締役に就任しました木ノ内です。未熟ではありますが、精一杯頑張りますので、ご協力お願いします」

短い挨拶が終わると、拍手が起こった。駒子も拍手しながら権藤の方を見た。権藤はむっつりして腕組みをしている。機嫌の悪い証拠だ。

木ノ内の昇進は、権藤の降格と入れ替わりだ。権藤が失ったポストを、木ノ内が埋めたのだ。セクハラによる失脚の穴埋めだから、その代わりには女性がいい、という経営判断だったのだろう、ということは、駒子にも推測できた。

皮肉なもんだな。十年前とは立場が逆転している。

十年前、木ノ内は書籍事業部から制作部へ異動になった。八十名スタッフのいる花形部署の書籍事業部から、スタッフはわずか二十人しかいない地味な制作部への異動だ。役職は部長のままだが、降格人事に等しい。それは、ある誤植事件の責任を取らされたのだ、と噂された。

それは大物作家の単行本だったので部数も多く、回収、刷り直しに高額な出費を要した。責任を取らされて担当編集者は編集部から営業部へ異動、部長の木ノ内も制作部へ異動になった。同時に次長だった権藤が、書籍事業部の部長へと昇進する。

実際のところ、部長だった木ノ内はゲラのチェックを行っていない。そこまで責任を取る必要があるのか、と駒子は思った。しかし、木ノ内を追い出して権藤が部長になるためにこのチャンスを利用した、という噂も流れていた。真偽のほどはわからないが、まだ若かった駒子は少なからずショックを受けた。そこまでして出世を望む人間がいるということが、信じられなかったのだ。

それでも、十年越しで木ノ内さんは再び権藤さんの上に戻ったのだから、きっと嬉しいんだろうな。結婚もせずひたすら仕事をしてきた人だし。

駒子がぼんやり考えていると、司会が口火を切った。

「では、今年度の上半期の予算達成率についてから始めたいと思います」

駒子は、配布された資料を読むふりをしながら、自分の資料を取り出した。自分たちの発表は会議の最後だ。淀みなく発表できるように、声を出さないように注意しながら練習していた。

会議は滞《とどこお》りなく進行し、最後に司会者の関根部長が言う。

「では、この七月に発足しました新規事業部について、事業計画を発表していただきます。発表はどちらが？」

みんながこちらを見ている。

どちらが先にしようか、と駒子は岡村を見るが、岡村はまっすぐ司会の方を向いている。そして、はっきりした声で告げる。

「現在新規事業部には一課と二課があります。一課は水上次長が、二課は私岡村が管理しております。それぞれの事業計画を、順番に発表していきたいと思います」

ええっ、そういう言い方をされたら、私の方が先に発表しなきゃいけないじゃない。駒子は内心毒づいている。

「じゃあ、一課の水上次長、お願いします」

関根に促されて、駒子は仕方なく立ち上がる。そして、持参したレジュメを左右に配る。紙の束が手渡しで回されて、各自に行き渡ったのを確認すると、

「お手元の会議資料をご覧ください」

と、始める。バサバサと紙を広げる音がする。

「えっと、現在一課では『俳句の景色』を中心に、自費出版のビジネスを行っております。それをベースに、自費出版の枠組みをどう広げていくか、ということを検討しております」

駒子は自費出版ビジネスの現状を語り、後発の我が社がどうするべきか、という

ことを説明する。

「まずは、ベースとなる俳句の書籍ですが、いままでは句集や歳時記など、俳人を中心にしたビジネスを展開してきました。でも、それでは先細りですし、もっと俳人の枠を広げる試みをしていければ、と思います。そこで、近年テレビなどで俳句に興味を持った若い層を取り込むため、子ども向けの入門書、芸能人による句集などの企画を考えています」

部長連中の反響は薄い。さして目新しい提案でもないことは、駒子自身にもわかっている。気持ちが沈みそうになるのを奮い立たせて、発言を続けていく。

「……自費出版については、従来の句集だけでなく、一般にも対象を広げていくことが大事かと思われます。そのために、文芸誌などを中心に自社広告を打ち、広く告知することが必要です。まだこれは案ですが、新人賞の告知と並べて自費出版の広告を出したり、自分史や小説の書き方講座などを開催し、そこから自費出版の営業へと繋げることも検討しております。また、自費出版の書籍を刊行するにあたっては、書店での取り扱いも可能にするなど、なんらかの付加価値をつけることを検討していければと思います……」

一通りの説明が終わると、質問タイムに移る。

「宣伝費はどれくらいを見込んでいるの？」

宣伝部の部長が質問の口火を切った。

「いえ、まだそこまでは試算できておりません。自社広告ですので、できるだけ無料での掲載をお願いしたいと思っていますが……」

「書店での取り扱いって、棚を買うとか、そういうこと？」

続いて、営業部の部長が鋭く突っ込む。自費出版専門の会社では、特定の書店にお金を払い、書店内に自社製品を置く棚を常設しているところもある。

「棚を取るのはタダじゃないし、それをやって見返りがあるだけの売り上げを立てられるの？」

「これは提案のひとつですし、具体的に棚を買うということまではまだ……。でも、自費出版でも良いものは流通に流すということも検討してもいいのでは、と」

駒子の言葉が終わるか終わらないうちに、書籍事業部の権藤部長があざけるような口調で言う。

「それは無理だろ。うちが年間何点出版しているか知ってるか？　この出版洪水のなか、プロの作家のものでさえ書店に置かれずに埋もれていくものも多いのに、数百単位しか出せない自費出版のものを流通に流すなんて、とんでもない」

「ですから、まだ今の段階では検討材料のひとつですから」

「検討するまでもなく、こんな提案は無理だ。企画書のための企画でしかない」

権藤の厳しい言葉に、駒子は反論することができない。権藤の言うことは事実である。会議に出すために、急遽希望的な意見を書き連ねたにすぎない。

会議室は静まり返ってふたりのやりとりを見ている。と、そこへ、

「コミックはどうかな」

というのんびりした声がした。社長の声だ。みんなの視線が一斉に社長の方へ集まる。

「コミックとは？」

権藤が問い返す。

「いや、俳句普及のための手段だよ。ほら、最近将棋とか囲碁とかかるたとか、コミックで和物がヒットしてるじゃない。だったら、俳句だってできないことはないだろう？」

「俳句コミックですか、それは斬新な」

「さすが、社長、素晴らしいご提案です」

すかさず、みんなは褒め称える。駒子は思わぬ救い主の言葉にほっと息を吐く。

「それはぜひ、実現したいと思います」

コミック事業部の部長の沖田《おきた》が力強く宣言する。

「そう、沖田くんのところの『少年アドベンチャー』でやるといい」

それを聞いて、沖田の顔がひくっとひきつったように見える。『少年アドベンチャー』はコミック事業部の看板雑誌だ。そこでやれ、ということは、大きく扱え、とプレッシャーを掛けるに等しい。

「最近ヒットしている将棋漫画も、監修がしっかりしている。コミックの中に登場する対局も本格的だ。実際にやってる人間が見ても感心するよ。コミックとしての面白さはもちろんだが、そういうところを手抜きしないこともヒットの要因だろう。うちがやるからには、俳人も感心するようなものにしないと。水上くんと協力して、俳句の面でもいいものに仕上げてほしい」

「はい、わかりました」

社長の意を汲んで、沖田は表情を和らげ、承諾する。

「それから、水上くん、講座というのはいい発想だ。それ自体でも、ビジネスになるかもしれない。レインボーホールも生かせるし。その辺、少し検討してみてくれないか」

社長の好意的な言葉に、駒子は救われた、と思う。レインボーホールというのは、一昨年第一本社ビルを建て替えた時に、一階に作ったフリースペースだ。ちょっとした講演会やファンとの交流会などにも利用できる、という触れ込みだったが、現状はほとんど生かされていない。組合の会合などでたまに利用されるくらいだ。

「ありがとうございます。ぜひ実現できるよう、企画を考えます」

「ではもう時間もありませんので、次、岡村さんの発表の方、お願いします」

関根部長の言葉に、駒子はほっとして自分の席にへたり込む。短い時間だったが、神経が疲れた。

今日はもうこのまま帰宅したいくらいだ。

「ちょっとセッティングしますのでお待ちください」

岡村は会議室の隅の机のところに移動した。そこには、あらかじめノートパソコンが置かれている。

「すみませんが、窓際の方、カーテンを閉めてくださいませんか」

どうやら、プロジェクターを使ってプレゼンするつもりらしい。

「新規事業部二課の今年度の事業計画について発表させていただきます」

岡村の落ち着いた声が会議室に響いた。部長たちも、興味津々という様子で岡村の説明を待っていた。

「岡村くんの発表はたいしたものだね」

「さすが、やり手編集者で鳴らしただけのことはある」

会議が終わっても自分の席から動けないでいる駒子の耳に、そんな会話が飛び込んでくる。

岡村の発表した事業計画は立派なものだった。現状の電子書籍や版権ビジネスの問題点とこれからの展望を、パワーポイントで作った表やグラフを駆使して、わかりやすく説明した。

そして、何より注目されたのは、電子書籍の海外販売についてだった。

「我が社は特に海外でのコミックの売り上げの比率が高い。メディアミックス戦略が功を奏して、欧米でもコミックの需要は伸びています。しかし、同時に海賊版の増加によって、売り上げに大きなダメージを受けています。そこで、海外でのコミック展開は、電子書籍を主眼に切り替えていきたいと考えています。国内のコミック雑誌販売と同時に、英語版の電子書籍を発売する。そうすれば、海賊版が出回る前に、海外のファンに公式版を届けることができます」

ほおーっと、感服したような声が上がった。

「しかし、作業的にそれは可能なのかね」

社長が疑問を呈する。

「はい、雑誌掲載のもの全部は難しいかもしれませんが、特に人気の作品、海賊版が出されやすいものについては、やるべきではないか、と思います。ネームが上がった段階で翻訳に回せば、不可能なことではありません。実際に、次号の『少年アドベンチャー』の連載のうち、人気のトップ3を試しにやってみよう、ということで編集部とも話がまとまっております」

「ほう、早くも次号からか」

社長は満面の笑みを浮かべる。

「なかなかやるじゃないか」

「ありがとうございます。これも沖田部長や『少年アドベンチャー』編集部のご協力の賜物です」

岡村は、ちゃんと他部署の人間を立てることも忘れない。

「もちろん、それらが単行本として販売される時も、同時刊行をいたします。さらに、小説の方も、もっと強く海外展開を進めていこうと考えております。こちらは電子ではなく、まずは紙ものでの展開になりますが」

ほお、と社長が声を漏らす。もっと小説の海外展開ができないものか、と常々言っていたからだ。

「近年中国や韓国ではミステリを中心に翻訳化が進んでおりますが、欧米についてはまだまだ遅れている感が否めません。村上春樹や吉本ばななど一部の純文学については認知が深まっていますが、エンタテインメントについてはまだまだ遅れており、輸入過多の状況にあります。ですが我が社の小説コンテンツの中には、海外でも十分通用すると思われるものが多々あります。それらを積極的に向こうの出版社に売り込むようにしたいと思います」

「そちらは具体的な施策はあるのかね？」

社長は身を乗り出している。岡村の提案に興味津々だ。

「はい。海外のブックフェアで展開したり、プルーフを作って売り込むなどといったことを試みるのはもちろんですが、それだけではなかなか難しいと思われます。日本の小説が欧米で受け入れられにくい理由のひとつは、名前や地名が馴染みにくい、ということがあります。英語圏の人間には読みにくく、発音しにくいものも多いですから。我々が翻訳小説を読みにくいのと、同じ理由ですね」

小さく笑い声が起こる。あざけりではなく、好意的な笑い声だ。岡村の発表にみんなが聞き入っている証拠だ。

「ですから、思い切って『超訳』という形で発売してみたいのです」

「超訳？」

超訳とは、意訳よりもさらに踏み込んでわかりやすく翻訳する技法で、原作の文章を基に、わかりにくい描写をカットしたり改ざんしたりすることもあり、作家や読書家にはあまり評判はよくはない。

「はい。ただ描写を簡略にするだけでなく、地名とか人名を、欧米人に馴染みのある形に変え、生活習慣などの描写も変更します」

「つまり、鈴木とか田中を、スミスやジョーンズに変えるってことか？」

「はい、そのとおりです。地名も、たとえば神戸市ではなく、サンフランシスコにしてみるとか」

「面白い試みだが……それで作家が納得するかね？」

自分の文章の一言一句にこだわるのが作家の習いだ。ルビの振り方ひとつとっても、ないがしろにしない作家も少なくないのだ。

「幸い、英語の場合はある程度理解できる作家も少なくありませんし、ちゃんと自分が監修できるのであれば、という方もおられます」

「ほう、具体的に候補がいるのか」

「はい。波野雫《なみのしずく》先生がたいへん乗り気で、いっしょに検証を始めたところです」

「なるほど、波野先生か。それならうまくいくかもしれんな」

波野雫は、若い層に圧倒的人気があるミステリ作家だ。人間描写よりも謎解きに主眼が置かれた作風なので、ある意味、翻訳しやすいと言える。

「先生は英語も達者なので、翻訳者に直接指示を出すことも可能ですし、自分もなるべく翻訳に携わりたいとおっしゃってくださっています。うまくいくかどうかわかりませんが、我が社のミステリを海外に広げるために試してみたいと考えています。すでにニューヨークのP出版に打診して、好感触を得ています」

「ほお、それはなかなか……。ぜひ、実現させてください」

社長は満足そうな声を出す。岡村はその実行力で、社長も味方につけてしまった。いきなり差をつけられちゃったなあ。

駒子は大きな溜息を吐く。

そもそも、しばらく管理部門にいたので、新しい企画をプレゼンするとか、いろいろ根回しをするとか、そういう感覚が鈍くなっていた。

営業部長にも、事前に話を通しておくべきだった。岡村さんは、編集部の第一線でずっと頑張ってきたんだもんな。プレゼンの実力も磨いてきたんだろうな。

「先に戻ります」

岡村が席を立って会議室を出ようとする。

「あ、私も戻ります」

駒子も慌てて後を追った。

岡村と駒子はエレベーターに乗り込んだ。すると、岡村はそれまでの笑顔を消し、むっつりと黙り込む。一階の玄関からふたりは外に出る。駒子たちの職場のある第二本社ビルは、会議を行った第一本社ビルとは道路一本隔てた反対側にある。

道路を渡りながら、駒子は思い切って岡村に話し掛ける。

「あの、今日のプレゼン、とてもよかったわ。私も、もっと頑張らなきゃ、と思っちゃった」

それを聞いて岡村は立ち止まり、駒子の顔をじっと見た。

「本気で言ってる？」

「え、ええ、もちろん」

「ふうん。だとしたら、私の方はちょっとがっかりしたわ」

それだけ言うと、岡村はさっさと道路を渡って、第二本社ビルの中に入って行く。

駒子は岡村の気持ちがさっぱりわからず、ぽかんとした顔で立ちつくしていた。

どういうこと？

9

新規事業部の部屋に戻ると、庄野がさっそく声を掛けてきた。

「今日の会議、いかがでしたか？」

「ん、まあまあ。そう言えば、社長からひとつ提案があったわ。いや、ふたつか」

「なんですか？」

「俳句のコミックを起ち上げろ、ですって。最近囲碁とかかるたとか日本の伝統文化を素材にしたコミックが流行でしょ？　アニメや実写の映画にもなっているほどだし。それで、うちなら本格俳句漫画が作れるんじゃないか、っておっしゃったのよ」

「では、うちでコミックをやるんですか？」

「いえ、コミックの方は『少年アドベンチャー』に連載するんだけど、うちの方でそのサポートをしてほしいそうよ。どうせ載せるなら、本格的な俳句を扱うべきだってことで、どなたか俳人を紹介してもらって」

「それはあまりいい考えとは言えませんな」

黙って聞いていた『俳句の景色』の編集長の中江が、突然口を挟んできた。

「我が編集部は、長年俳句に人生を懸けてきたような人たちを対象としてやってきました。我々も、俳句こそ日本伝統の文化と誇りをもって取り組んでまいりました。それなのに、なんですか、最近の流行に便乗して、漫画とコラボしようなんて。恥ずべきことじゃないですか」

「いや、それは」

駒子が口を挟もうとしたが、中江は耳を貸さない。

「クール・ジャパンだなんだ、と言いますが、海外でも真の上流階級、知識人や文化人たちは漫画やアニメを認めているわけじゃありません。しょせん子どもの娯楽、というのが欧米での一般的な評価です。アニメや漫画は大衆向けの娯楽、無知な子どもでも理解できる単純なものですからね。そうしたものをいくら知っていても尊敬はされません。クール・ジャパンなんて、海外では誰も評価していませんよ。それより、古典をどれだけ理解しているか、真の芸術についてどれだけ語れるかが重要なんです。日本文化で言えば、能、歌舞伎、俳句や短歌、そう言ったものこそ海外の知識人にも評価され、尊敬されているんです。今のアニメや漫画が、三百年経っても残っているでしょうか？　しょせん一過性のあだ花、五十年も経てば忘れ去られるものばかりでしょう」

中江は憤《いきどお》っている。よほど漫画が嫌いらしい。

「だけど、これは社長命令なのよ」

駒子のその言葉が、いっそう中江を激高《げっこう》させた。

「だから、三代目はダメなんだ。かつてこの会社には崇高な理想があり、文化の担い手たらんという使命感があった。それがどうだ、二代目は映画だの漫画だのにうつつをぬかし、三代目はさらにそれを推し進めようとする。我々が何十年も掛かって築いてきた俳句文化の輝かしい歴史に泥を塗ろうとする」

「とは言っても、社長は社長なりに我々のことを考えてくださっているのよ。きっかけがなんであれ、若い人が俳句に興味を持ってくれるなら、それは素晴らしいことじゃない。将棋や囲碁、かるたも、漫画のヒットによってやり始める子どもたちが増えた。俳句だって、漫画で関心を持ってくれる若い世代が増えるなら、いいことだと思うわ」

「将棋や囲碁、かるたは元々遊びです。子どもでも参加できるものです。だけど、俳句は違う。世界で一番短い文学です。文学的な素養のない子どもが簡単に理解できるわけがないし、ましてそれを創作するなんて、とてもとても」

中江は鼻で笑う。駒子はむっとする。旧態依然とした世界にしがみついて、そこから一歩も出ようとしない。この会社が利益を出していない俳句を文化事業として続けていられるのは、コミックや小説など大衆娯楽路線が成功しているからだ。そちらで十分な売り上げを出しているからだ。昔のまま文化的な本だけを出し続けていたら、とっくに会社は潰れていただろう。

「では、中江さんは若い読者を獲得するためにはどうしたらいいと思うの？　具体的に何をやれると言うの？」

「そんなものはありません」

中江はあっさり言ってのける。

「間口を広げて入ってきた人間がいたとしても、それは長くは続きません。我々が欲しい読者は真に俳句を愛し、俳句と共に人生を歩もうという人間です。そういう人間は多くはないが、若い世代にも必ずいる。彼らが我々の雑誌を読んでくれた時、ちゃんと価値が伝わるような、そういう雑誌を作るだけです」

やれやれ、お話にならない。中江はいままでのやり方を決して変えようとしないのだ。こういう人間に何を言っても始まらない。こちらの言うことに耳を貸す気がないのだから。

駒子がどうやって話を打ち切ろうか、と考え始めた時、中江の方が自分の腕時計を見て、大げさに驚いた顔をした。

「おや、議論していたら、こんな時間になってしまいました」

駒子が部屋の真ん中に掛けられた時計を見ると、四時前を指していた。

「私、今日はこれから渋谷で芹沢《せりざわ》先生と打ち合わせがありますので、失礼します」

そう言うと、中江はそそくさと支度して、部屋を出て行った。駒子は中江が部屋から出て行くと、ほおっと溜息を吐く。

「芹沢先生と打ち合わせってことは、今日はこのまま直帰ですね」

庄野がつぶやくように言う。編集部には庄野のほか、池端がいるだけだ。花田は打ち合わせで外出中、海老原も今日は病欠である。

「芹沢先生って、俳人なの？」

「もちろん。と言っても、もう創作はほとんどされていないんですが、中江さんとは気があって、よくふたりで呑みに行ってます」

それは接待なのだろうか、ただの遊びなのだろうか。

駒子がそう思ったのを察したのか、庄野が弁明する。

「まあ、創作をされていないと言っても、相変わらず俳句の世界では大御所ですからね。いろんな賞の選考委員もされていますし、顔もきくんですよ。それなのに急につきあいをやめたら、何を言われるかわかりません。俳句の世界は狭いですからね。だけど、うちの編集長はさすがですよ。何かトラブルがあっても、編集長が出て行って、まあまあと相手にお酒を呑ませれば、たいていは収まります。お酒外交というか、日頃のつきあいがあってこそのことですね。だから、我々も助かっているんですよ」

「中江さんが著者とのつきあいがうまいのはわかったわ。それはいいんだけど、社長がやれ、と言ってることを、やらないわけにはいかないわね。『少年アドベンチャー』編集部も動くことだし。中江さん以外の誰かに、この件はお願いしたいのだけど……」

駒子がそう言うと、それまで機嫌よくべらべらしゃべっていた庄野が、急に耳が聞こえなくなったような顔で、窓の外に視線を露骨《ろこつ》に逸らした。自分はやりたくない、という意思表示なのだろう。

駒子はそんな庄野の様子を見て、あきれるというより感心した。小説や漫画では見たことがあるが、現実にそんな態度を取る人間を見たのは初めてだ。

庄野がダメだとすると、海老原か池端だ。しかし、海老原も融通が利きそうにない。コミック部署との折衝には向いていないだろう。池端なら大丈夫だと思うが、池端の仕事量はほかの人間に比べて多すぎる。

「うーん、花田さんじゃ、無理だろうな」

花田は折衝ごとには向いているが、残念ながら俳句の知識がない。誰か俳句の先生を紹介してもらったとしても、彼女がちゃんと仲介できるかは難しい。それは、自分自身がやっても同じことだ。

「私がやりましょうか？」

駒子が困っているのを見かねて、池端が声を掛けてくる。

「でも……池端さんは仕事量が多いんじゃない？」

「いえ、昔に比べればこれでも減りましたし、こういう仕事も面白そうですから」

池端は淡々と答える。

「ほんとにいいの？」

「はい、もちろんです」

「じゃあ、お願いするわ。『少年アドベンチャー』編集部からそのうち連絡がくると思うので、そうしたら、池端さんが担当になったと紹介しますね」

「はい、よろしくお願いします」

駒子はほっとした。結局、頼りになるのは池端だけだ。中江は口は達者だが、実際のところどれだけ仕事しているのかがわからない。海老原は身体が弱くて休みがちだし、庄野にしても、調子のいい割には仕事ではあてにはならなそうだ。

案外池端さえいれば、ここのセクションは成り立ってしまうのかも。ふと浮かんだ思いを、駒子はすぐに打ち消した。

いくらなんでも、そこまで中江さんたちがダメってわけじゃないだろう。自ら俳句に人生を懸けているって言ってるくらいだし。

俳句本来の仕事なら、たぶんちゃんとやるだろう。彼らがやる気になることを私も考えなきゃ。

だが、そんな考えが甘かったということは、経理から出てきた資料によって判明するのだが、この時、駒子はまだ知らなかった。

10
「ただいま」

駒子が帰宅すると、一階は真っ暗だった。

「誰かいないの？」

駒子が二階に向かって声を掛けると、ドアが開く音がして、澪が下りてきた。

「あれ、パパは？」

「なんか、急に編集部から呼び出しがあって、夕方出掛けることになったんだ。データのやり取りでミスがあったって」

澪の学校ももうすぐ夏休みだ。そのせいか、澪は気の抜けたようなぼーっとした顔をしている。

「じゃあ、夕食の支度は？」

「なんか、作りかけていたけど、ほっぽり出して出掛けたみたい」

「じゃあ、澪も何も食べてないの？」

「カップラーメン買ってきて食べた。足りないから、なんか作ってよ」

「えー、これから？　疲れてるんだけど」

食事の支度なんか、考えていなかったのだ。急に言われても困る。

「だったら、出前取ろうよ。ピザが食べたい」

「ピザねえ」

「ほかに何かある？」

「と言われても……」

水上家では出前を取ることはほとんどない。出前を取るくらいなら、家で簡単なものを作るか、外食する方がいい、というのが達彦の考えなのだ。だから、近所でどんな店が出前をしているかもよく知らない。澪が好きなので、たまにピザを取るくらいだ。

「じゃあ、ピザでいいね。私、注文する」

澪は嬉しそうに言う。

まあ、いいけどね、と駒子は小さな声でつぶやいた。

出前のピザだけでは栄養が足りないと思い、駒子はレタスを千切り、きゅうりとトマトを切って簡単なサラダを作った。それに、インスタントの玉ねぎスープを添える。ピザは澪が選んだので、ひき肉だのサラミだのソーセージだのががっつり載ったボリュームのあるものだ。どろっと溶けたチーズとこってりした肉類のアンサンブルは確かに旨いが、カロリーが怖い。Mサイズを注文して駒子は三切れだけ食べたが、残りは澪一人で平らげてしまった。女の子でもサッカーをやってるだけに、澪の運動量は多い。食べる量も多いが、ダイエットの必要がないくらい澪の身体は引き締まっている。

「パパの分も注文しておけばよかったかな」

「こんな時間じゃ、さすがに食べて来るでしょ」

澪はけろっとした顔で言う。時計を見ると、すでに九時をまわっている。

「そうだよね。都心なら食べるところもたくさんあるし」

「ところでさ、私、今学期で学校辞めようと思うんだけど」

まるで、ちょっと買い物に行ってくる、くらいの軽い調子だった。駒子はぷはっと飲んでいたコーラを噴き出した。

「なに馬鹿なこと言ってるの」

学校辞める？　急に何を言い出すのだ、この子は。

「あなた、学校気に入ってたんじゃないの？」

「うーん、嫌いじゃないけど、このままでいいのかって。なーんか、ぬるま湯っていうか、退屈なんだよね」

「退屈？」

退屈とは何事か。そんな理由で、ドロップアウトしようというのか。

「なにわがまま言ってるの。あんたみたいな子どもが、学校辞めてどうしようと言うの？」

日頃は冷静、温和をモットーとしている駒子でも、娘のことは冷静ではいられない。つい感情的な物言いをしてしまう。

「学校辞めてもいろいろやることはあるよ。ただ机に座って、退屈な授業を聞いて時間潰すより、有意義なことができる」

「有意義って……。何が有意義か、そんなの、後になってみなきゃわからないわ。退屈だと思っていた授業の知識が、いつ役に立つかわからないし」

「そんな、いつ役に立つかどうかもわからないことのために、今を無駄にしたくないんだ。今は今しかないんだから」

まるで青春映画のようなセリフを言う。駒子はますますいらだちが募《つの》る。

「そんないいかげんな考えで、どうやって自分を食わせていくっていうのよ。親の経済力がないわけじゃないし、学校くらいちゃんと出ておきなさい」

「でも、パパはいいって言ったよ。おまえの人生なんだからって」

「ほんとに？」

まったく達彦は何を考えているのだろう。澪の頭の中はまだお子様だ。ろくに判断できるはずもないのに。

「学校よりも結局は何をやりたいか。どういう人生を歩みたいか、だって」

そういえば達彦はせっかく一年浪人して入った美術大学を、二年で辞めてカメラの専門学校に入り直したのだった。そこで師匠となる人に出会い、カメラマンとしての道を歩み出す。

「じゃあ、あなたはいったい何をやりたいの？」

「それをこれから考える」

「ったく、もう。なんて甘ちゃんなの。何がやりたいかわからないからこそ、学校に行くべきでしょ」

駒子が大声を出した時、「ただいま」と玄関で声がした。

「あ、帰って来た。おかえり」

形勢不利とみてか、澪は席を立って、父親を迎えに行く。駒子は腹が立って、席から動けないでいる。

「ただいまー。疲れたよ。ご飯、ある？」

「えっ、食べて来なかったの？」

駒子は慌てて立ち上がり、キッチンへ向かう。

「あなたが遅いから、私たちはピザですませたわ」

「えー、遅いったって九時過ぎだよ、駒子さんだって、これくらいの時間に帰ることよくあるじゃない」

達彦の口調は非難がましい。機嫌の悪い駒子は、つい強い口調で反論する。

「だって、聞いてなかったし、私だって仕事で疲れていたし」

「仕事で疲れているのはお互い様だよ。せめてご飯くらい炊いててくれればよかったのに」

達彦は荷物を下ろすとキッチンに入り、ボウルを取り出し、そこに米をあけた。今から米を研ぐつもりらしい。

「私がやるわ」

駒子が言っても、達彦は駒子の方を見ないで、

「いいよ、俺がやった方が早いから」

と、作業する手をゆるめない。達彦のあてつけがましい態度に、駒子はますますむっとくるが、その気持ちを抑えて「何か手伝う?」と、言ってみる。達彦はそれにも答えず、黙って作業を続ける。

そんな依怙地《いこじ》にならなくても、と駒子はよけい腹立たしい。どうせ私はもたもたして、足を引っ張るだけだと思っているのだ。

達彦は米を入れた鍋をコンロの火にかけた。そちらの方が早く炊けるので、急ぐ時には達彦はそうしている。駒子にはできない技だ。冷蔵庫を開け、豚肉と野菜を

取り出してきた。肉野菜炒めでも作るのだろうか。

「ところで、澪の話聞いた？」

「澪の話？」

達彦は手を止めて、駒子の方を見た。澪はばつが悪そうな顔をして駒子の傍《そば》に立っている。

「この子、学校を辞めたいって言うの。あなたは賛成したって聞いたけど？」

「賛成っていうか……自分の人生を決めるのは、結局は自分だって話はしたけど」

「それって、結局賛成したのも同じよ。なぜ止めようとしないの？」

「なぜって……」

達彦はなんと言ったらいいか、という顔をしている。

「この子はまだ子どもじゃない。世間の厳しさも知らないし。日本の社会はまだまだ学歴がものを言う。中卒だと後々苦労するわ。親だったら、そういうことを教えてやらないといけないんじゃないの？」

「中卒だろうとなんだろうと、ちゃんとしている人はちゃんとしている」

「それはそうよ。人間性のことを言ってるんじゃないわ。無駄な苦労はしなくてもいいって言ってるのよ。うちが経済力がないならともかく、この子ひとりを大学にやれるくらいのことはできるんだから」

「と言っても、やる気のない子を無理に進学させても仕方ないだろ。大学にやりたいっていうのは親のエゴだ」

「エゴですって」

子どもが無駄な苦労をしないように、と望むことのどこがエゴなのだろう。若くて、考えの浅い娘に思いとどまるように、ということの、どこが悪いのだろう。

「そういうつもりはないわ。私はただ……」

口からいろんな想いがこぼれそうになった。その時、米の入った鍋が沸騰して吹きこぼれたので、達彦はコンロの方に移動し、火を細めた。

「どっちにしても、今はそういう話はしたくない。疲れているし、料理していると ころだし。大事なことだから、落ち着いて話せる時にしないか」

達彦の言うことはもっともだ。しかし、その冷静な口調がよけい腹立たしい。

「……ったく。ほんとに、あなた方はお気楽なんだから」

そう言い捨てて、駒子はキッチンを出た。そうしてそのまま二階に上がろうとして、ふと振り向いた。澪が自分の方を見ている。その目が妙に頼りなく、幼い子どものように見えて、駒子はやれやれ、と頭を振った。

11

「水上さん、おはようございます。さきほど経理の方がいらして、『頼まれていたものです』と、置いていかれました」

会社に到着早々、花田にそう言われた。

経理に頼んだものってなんのことだろう。頭の中は澪のことでいっぱいで、仕事のことなどどこかにいっていた。

机に置かれた封筒を開ける。書類のコピーのようなものが十数枚束ねられている。特に説明のようなものは添えられていないが、コピーを見て思い出した。以前、経理課長に頼んでいた『俳句の景色』編集部の経費や人件費についてまとめたものだ。ここ三年分くらいのもののようである。雑誌の収支についてはおおよそチェックしていたが、実際の経費の内訳や、それぞれのスタッフが使った金額を知りたかったのでありがたい。

昨夜の澪の発言でもやもやと悩んでいた頭が、たちまち仕事モードになった。細かい数字の羅列《られつ》から状況を読み取ろうと試みる。

『俳句の景色』の経費は決して少なくはない。作家接待で、時には一晩十数万円も使うエンタメ系の編集部ほどではないが、わずか四人の編集部にしては金額が多い。スタッフを疑うわけではないが、無駄なところに使ってないか、節約できる部分はないか、駒子としては調べておきたかったのである。

うーん、やっぱり多いなあ。

経費と会議費交際費の内訳を見て、駒子は嘆息《たんそく》した。これまで在籍した管理課は、交際費は限りなくゼロに近かった。経費についても、たまに外でスタッフと打ち合わせをした時のお茶代か、おつかいに行った時の交通費くらいだ。そういう部署と比較するのはおかしいのかもしれないが、会議費交際費で月に何十万も掛かるってどういうことだろう？

ぼんやり駒子が考えていると、編集長の中江が海老原と相談しているのが耳に入ってくる。

「今晩は山平《やまひら》先生のお通夜ですが、香典はいくらお包みしましょうか？」

「いつもの額でいいんじゃない？」

「お花はどうします？」

「そうだね、山平さんなら出さなくてもいいくらいだけど、ほかの結社の先生方の手前、何かやっとかないと恰好つかないなあ。花かごくらい出しとくか」

ぼそぼそと語る声を聞いて思い出した。

そうだ、『俳句の景色』は香典とか句会の時に包むお金とか、ほかの編集部にはあまりないような経費が毎月掛かるんだっけ。

駒子は管理課で各部署の経費をチェックしていたので、そういう名目でしばしば計上されていたことを思い出した。各部署の上長がチェックしているので管理課ではよほどのことがない限り内容を詮索したりはしない。だが、毛色がほかと違うので印象に残っていた。

それにしても、お葬式って、そんなに多くあるんだろうか？

「あの、ちょっと聞いてもいいかしら？」

駒子は目の前の席に座っている中江に尋ねてみた。

「俳句関係の人の葬儀って、月に何回くらいあるんですか？」

「それは、どういうことですか？」

中江が逆に問い返す。機嫌の悪そうな声だ。

「いえ、予算を立てるために経費のチェックをしているんだけど、そうしたお金はどれくらい見積もったらいいか、と思って」

中江の顔が不愉快そうに歪んだ。

「お葬式の数を見積もるって、不謹慎な考えですね。まるでどれくらいの俳人が死ぬのか予測を立てろ、って言ってるように聞こえます」

やれやれ、と駒子は嘆息する。中江の性格はわかってきたと思ったが、いちいちめんどくさい奴だ。

「そうは言っても、予算ができないと、部署としての見通しが立たないわ。冠婚葬祭費がこの部署においては大事であるなら、それは見積もっておかないと」

葬儀という言葉がダメなら言いかえるだけだ。

「そう言われても、葬儀なんて突然なものですから。続く時は三つぐらい立て続けにありますけど、無事な時は何週間も無事ですし。これからどれくらいの葬儀があるかと聞かれたら、我々の立場からすれば葬儀など起こってはいけないし、予測も立てられない、と答えるしかありません」

いやもう、ほんとにめんどくさい。要は、この男は私の言うことにはなんでもいちゃもんつけたいだけなんだろう。

「じゃあ、冠婚葬祭費はゼロにしておけっていうこと？」

「それでもいいんじゃないか、と」

「じゃあ、葬儀があったらどうするつもり？」

「それは臨時の出費ですから、特別費とでもなんでもご計上いただければ。そこをうまく調整されるのが次長殿のお仕事かと」

まったく、お話にならない。結局、彼は私に協力するつもりがないのだろう。だったら昨年度のデータを調べて、そこからおおよそを割り出す方がよさそうだ。

駒子は個人別の経費のリストを出してみた。予想どおり中江の金額がダントツである。一方で池端の方はその一割にも満たない。

もっとも、香典や花は編集部名義で出すことの方が多いし、それを編集長である中江の名前で申請するということなのかもしれない。

どちらにしろ、手元の書類では、個々の経費として何が計上されたのかはわかりにくい。編集部の総額と、各スタッフがどれだけ使ったかがわかるだけだ。

「どこか、お出かけですか？」

ふいに席から立ち上がった駒子に、中江が尋ねる。

「ええ、ちょっと経理に調べものをしに」

「調べものって？」

「経費の具体的な内容を知りたいと思って」

「そんなこと、なんのために必要なんです？」

中江が不満そうに言う。

「だから、冠婚葬祭にいくら掛かっているか、それから俳句の会などの出費や交際費がどれくらいなのか、調べておきたいからよ」

「なんでそんなふうにつつき回るんですか？　例年どおりでいいじゃないですか」

中江は、そんなことは無意味だと言わんばかりだ。

「その例年どおりというのがいくらかわからないから、調べるのよ」

まだ納得していない顔をしている中江に、駒子は言葉を続ける。

「あなた方にお金を使うな、ということじゃないわ。本を作るためには投資も必要だし。だけど、限られた予算をどうやったら効果的に使えるか、それを考え、実行することは必要よ。だから、現状を調べるのよ」

「まあ、どうぞお好きなように。調べたところで、現実に本を作っているのは我々だし、数字だけ見ても、現場のあれこれがわかるわけじゃありませんから」

現場を知らない人間が何を言う。中江はそう言いたいのだろう。

管理職は管理職らしく、自分たちに現場をまかせて黙っていろ。

最初に顔を合わせてから、中江がずっと示してきた態度だ。これまでの上司は俳句雑誌に無関心だったから、放置され、中江の好きなようにやってこられた。その状態を続けたいのだ。

「わかるかわからないかは、数字を見て、私が判断することよ。仕事においてお金の流れを把握するのは、基本中の基本だから。これまでの上司がどうだったかはわかりませんが、それをしないというのは、次長としての責任を放棄するのと同じこと。私はちゃんと仕事をするつもりですから」

中江は肩をすくめた。やってられない、というような態度だ。人を小馬鹿にしている。私を苛立《いらだ》たせたいのだろうか。私が男でも、こういう態度を取るのだろうか。

駒子は立ち上がり、そのまま部屋を出て行こうとした。その背中に、中江の声が聞こえてきた。

「なあ、海老原、女は視野が狭くて困るよな。細かいところばかりつついて、大局を見ないからねえ。重箱の隅をつついたところで、ものごとがよくなるわけじゃないのに」

思わず振り向いて中江の顔を見た。中江は向かいに座る海老原の方を向いてにやにやしている。駒子は掛ける言葉を探したが、結局何も言わなかった。何か言ったところで、『世間話ですが、何か』とでも言うだけだろう。

女の上司なんて、やってられるか。年齢が上がれば上がるほど、そういう考えの持ち主は多くなる。中江のような男は、間違いなくそういうタイプだ。女性が出世することを喜ばない空気は、会社の中には確かにある。

責任ある仕事は男性に。

みんな当たり前のようにそう考える。女性が昇進できるのは、ほかに適任者がいなかった時か、まわりが無視できないほど突出した実績を挙げた時だけだ。

実際、自分が次長に昇格しても、それを祝福する飲み会は一切なかった。男なら、同期や部下が気を利かせて祝いの席を設けたりするものだが。

駒子は大きく肩で息をした。

こんなことくらいで、いちいちめげてはいられない。男のやっかみを気にしていたらきりがない。私は私の仕事をするだけ。

駒子は再び経理部に赴き、渋る課長を説得して昨年度の経費の明細がわかる資料を入手した。誰が、どこで、何のために経費を使ったかということの証拠になる、領収書のコピーの束である。席に戻ると、それを一からチェックし直した。

そうしてものの十分も経たないうちに、駒子は思わぬ事実を発見した。

12

「確認しておきたいことがあるの」

駒子は会議室で中江と向き合っていた。その日の夕方、書類をチェックし終えた駒子は、中江ひとりを会議室に呼び出していた。

「昨年度の葬式の回数を調べたら、毎月三回から五回。いくらなんでも、これはちょっと多すぎるんじゃないかしら」

おまけに、偲《しの》ぶ会であれば領収書が出るが、香典となると領収書もないし、証明するものがなにもない。香典は五千円から多くても三万円というところだから、一回一回は高額とは言えないが、ちりも積もればなんとやら、である。

「確かに、俳人だけならもっと少ないですけど、我々は俳人の近しいご家族の場合は出席することにしています。皆さんご高齢ですから、ご家族にご不幸があることも多いのです」

「まあ、それはそうだけど、たとえば四月に俳人の宇佐美秋晴《うさみしゅうせい》さんのお母さまが亡くなられてお香典をお包みしてますね」

「はあ、そんなこともありましたかな」

「だけど、宇佐美さんはご自身も九十歳を超えていらっしゃるわね。お母さまはおいくつだったのかしら」

中江はぐっと顎《あご》を引いて、上目遣いに駒子を睨みつけた。駒子はかまわず会話を続ける。

「それから、十月二十五日に桃原昇《ももはらのぼり》さんが亡くなられていますけど、その二週間前に、あなたは新宿で桃原さんと会食をして、さらにその後二軒歌舞伎町《かぶきちょう》の店をハシゴされてますよね」

中江ははっとした顔をした。自分の失策に気がついたようだ。

「桃原さんは癌で長患《ながわずら》いされていたんでしたよね。最後は身体中に転移して、ずいぶん苦しい思いをされたとか。追悼文が本誌に出ていましたが、静岡のホスピスで亡くなられたんですよね」

中江の顔は強張《こわば》り、ぎょろっとした目が飛び出しそうな勢いで駒子を睨んでいる。

ざまあみろ、と駒子は思う。きちんとチェックすると、中江の経費にはおかしな部分がたくさんあった。その中の、明らかに不正と思われる部分を抜き出し、リスト化したのだ。

「ほかにもいくつか気になる点があったわ。たとえば鈴木信夫《すずきのぶお》さんに何度か差し入れをお持ちしてますね。なかにはスーパーの領収書まで入っていましたが」

「それが何か？　あの先生は金に汚いし、何かと我々にせびるんです。打ち合わせで会うたびに『すまないが、あれを買ってきてくれ。お金はあとで返すから』って、必ず言うんです。でも、お金が返ってきたためしがない」

そういう著者が稀にいないわけではない。だが、そこまでのわがままが許されるのは、よほど功績のある作家だけだ。そして、売れている作家はそんなみみっちいことはしない。

さらに、駒子は畳み掛ける。

「ですが、ここ数年鈴木さんとのおつきあいはなくなっていたんじゃないでしょうか。俳句の世界から離れたっていう噂もあるそうですし。……それに、気になったのはスーパーのある場所。先生がお住まいの成城学園《せいじょうがくえん》ではなく、赤羽《あかばね》でお求めになったものばかりですね。赤羽って……中江さんご自身のお住まいのあるところではなかったでしょうか」

「それがどうしたんですか」

　中江は開き直った顔で言う。

「さっきから、なんだと言うんです。重箱の隅をつつくようなことをあれやこれや、と。要するに、あんたは私のやることが気に入らないんでしょう」

「気に入らないって言ってるんじゃありません。こういうことは会社的にはＮＧだっていうんです。それを糺《ただ》すのが私の仕事ですから」

　駒子はなるべく感情を抑えた声で言う。駒子の目算では、少しばかり証拠をちらつかせれば、中江も観念するだろうと思ったのだ。証拠を握ったうえで、罪に問うことはしない。そうすれば、これからの仕事もやりやすくなるだろう、というのが駒子のもくろみだった。

　しかし、目の前の中江はそんな殊勝《しゅしょう》な人間ではなかった。

「だったら、辞めます」

「えっ？」

意外な言葉に耳を疑った。

辞める？　聞き間違いじゃないだろうか。

「人対人のつきあいだ。会社のルールどおりにいかないことだってある。それを杓子定規《しゃくしじょうぎ》に守れって言うなら、私はついていけない。そんなんじゃ、ろくな仕事ができませんからな。あんたはあんたのやり方でやればいい。だけど、それじゃ、雑誌は潰れますよ」

それだけ言うと、中江は席から立ち上がった。

「待って。まだ話は終わってないわ」

「私の方はこれで終わりです。退職届は明日提出します」

あぜんとする駒子を残して、中江は胸を張って会議室から大股で出て行った。その姿は、せこい罪を問われて逃げ出した人物には到底見えなかった。正義は我にあり、と言わんばかりの堂々たる態度だった。

そうして、中江は翌日ほんとうに退職届を持ってきた。

「まさか、本気なの？」

「もちろんです。いろいろ疑われたら、こうすることでしか身の潔白を証明できませんから」

中江は薄笑いを浮かべている。こちらの言動を試しているようだ。せこい使い込みをしていたのは誰？　それを指摘されて、釈明できないから、問題をすり替えようとしているくせに、あくまで被害者づらする気ね。

駒子は腹が立ってきた。よりによって全員が席に着いている朝の時間を狙って、これみよがしに退職届を机上に叩きつけてきたのだ。

みんなが固唾《かたず》を呑んでこちらを見ている。一言一句聞き漏らすまい、という緊張感が伝わってくる。

中江は私が頭を下げるのを待っているのだ。自分がいなければ、『俳句の景色』は成り立たない。そういう絶対の自信があるのだ。そして、それをスタッフにも見せつけたいのだ。そんなことはできない。もし、そんなことをすれば、これからますます中江は自分を侮るに違いない。そして、いままで以上に仕事をしなくなるだろう。部の売り上げ向上や体質改善など、望むべくもない。

「あなたのやったことは、会社の規則に反していることよ。発覚した以上なんらかのペナルティは必要だけど、正直に認めて謝れば、不問に付すこともできるのよ」

駒子はあえてそう問うた。下手に出ることはできないが、引き留めをしないわけにもいかない。

「その辺の見解の相違はいかんともしがたいですな。私は、あくまで仕事の一環として行っていること。経費なども、会社に定められた範囲を逸脱《いつだつ》することもありますが、編集という仕事にはそんな杓子定規なやり方では通用しないことがあります。それなのにいちいち揚げ足を取られていたのでは、やっていられません」

揚げ足？

静岡のホスピスに入っているはずの人と新宿で飲んでいたという指摘が、揚げ足取りと言うの？

「見解の相違とは思わないわ。経費の使い方には明確な基準があるし、虚偽を申請するのは許されないことですからね」

中江の眉がぴくりと動いた。こんな男でも、緊張しているのだろうか。

「これまでは、上司のチェックもあいまいだったし、どんぶり勘定でも許される状況だったから仕方ないと思います。だから、今後はやり方を改めるというのであれば、それでいい、と言ってるのよ」

駒子は再度妥協案を出す。辞められて困るのは事実なのだ。ただでさえ少ないスタッフ、しかも雑誌の中心人物がいなくなって困るのは、ほかならぬ駒子自身だ。

中江はふと気弱な目をした。中江自身も、長年執着してきた今の立場を、簡単に投げ出す気にはなれないに違いない。こちらの言うことを聞いてくれるかも、と駒子が期待をしたその瞬間、社内の電話が鳴り響いた。唐突だったので、全員がびくっと動揺するのが感じられた。

「はい、『俳句の景色』編集部です」

電話を取った海老原の声が聞こえてくる。その瞬間、中江がはっと正気づいたようだった。ぐっと唇を噛みしめ、駒子を上目遣いに見た。

「はい、御主人が亡くなられたので、定期購読をやめたいとのことですね。そういった連絡は通販のセクションでお受けするのですが。はい、はい。わかりました。では、私の方で処理しておきます。ご住所とお名前をお聞かせ願えますか？」

海老原は電話の応対を続けている。それが終わるのを中江は辛抱強く待っている。

「はい。では、そういうことで。……また何かありましたら、ご連絡ください。……海老原と申します」

海老原の声だけが響いている。ほかの人間は固唾を呑んで中江を見守っている。

「はい。ありがとうございました」

海老原が電話を切った。中江はスタッフ一同を、芝居がかった態度でゆっくり見回す。みんなはいたたまれない気持ちなのか、目を合わせないように下を向いた。

「諸君、聞いていたと思うが、僕は今日いっぱいで退職することにした。長い間、みんなよくついてきてくれた」

「編集長……」

「至らないところもあったと思うが、自分は精一杯やってきたつもりだ。輝かしい歴史と伝統を誇る俳句を、次の世代に繋げるために。それが自分の使命だと信じてきたからだ。しかし、新しい次長はそれを良しとなさらない。もっと売れるやり方に変えろ、と命じられる」

「それは違うでしょ。私が言いたいのは……」

言い掛けた駒子を、中江がまあまあ、と言うように手を振って制止する。

「次長にしてもお立場があるから、それはそれで仕方ない。会社というものはしばしば目先の利に走り、社会的な意義や責任を見失いがちだ。それに唯々諾々《いいだくだく》と従うのが、結局は会社で生き残る道。悲しいかな、それもまた真実」

呆《あき》れてものが言えないとはこのことだ、と駒子は思う。

「だが、理想を掲げ、それを追求することを使命とする者は、会社命令にも従えないことはある。それが原因で、職を失うことになったとしても」

「編集長……」

海老原と庄野が泣かんばかりの顔をしている。池端と花田も固唾を呑んで、ことの成り行きを見守っている。

「これ以上の弁は必要ない。去る者は多くを語らず、だ。みんな、達者でな」

そうして中江は花道を去る役者のように、堂々と胸を張って歩き、廊下へと出て行った。ちょん、ちょん、ちょん、と拍子木《ひょうしぎ》の音が聞こえてきそうな光景だ。

やれやれ、と駒子は思う。ほんとうに、最後までええかっこしぃの奴だった。

しかし、みんなはそうは思っていないようだ。

「あの、ほんとうに編集長は辞めてしまうのですか？」

海老原が縋《すが》るような目でこっちを見た。

使い込みがばれたので、追及される前に逃げ出したのよ、という言葉が駒子の喉まで出掛かっていたが、それはかろうじて押しとどめた。

ほんとうにこの件を問題にしたら、懲戒免職にもなりかねない。中江はそれがわかっていたから、逃げ出したのだ。

「引き留めたけど、本人の意志は変わらなかったわね。残念だわ」

スタッフは動揺している。本来なら、人事にまずこの件を報告すべきなのだけど、こうなったら先にみんなに説明すべきだな。

「じゃあ、予定を変えて、これから会議にしましょうか。会議室が空いてるか、誰か調べてくれる？」

「はい、手配してみます」

花田がパソコンを起ち上げて、作業を始めた。ほかのスタッフは呆然としたまま身動きできないようだった。

13

「ただいま」

駒子がリビングに入っていくと、キッチンには火の気がない。達彦が冷凍庫の中をごそごそ引っ掻き回している。

「あれ、ご飯まだ?」

「俺もいま帰ったところ」

達彦の声に少し苛立ちがある。今日は都内の公園をあちこち撮影に行ったはずだった。都立公園のガイドブックの仕事を受けているのだ。以前の仕事と同じプロダクションの依頼で、ギャラが安いのに手間が掛かる、と達彦がぼやいていた。それで疲れているのだろうか。

「しまった。ひき肉、この前使い切っちゃったっけ」

冷凍庫を見ながらぶつぶつ言っている。

「簡単なものでいいよ。肉野菜炒めとか」

そう言いながら、つい先日も肉野菜炒めを食べたのだった、と思い出した。

「買い物行ってるヒマがなかったから、肉系が全然ないんだ。スパムも使い切ったし、卵もないし、どうしようかな」

「だったら、買ってこようか？」

「そこまでしなくてもいいよ。駒子さんの運転、心配だし」

駒子たちの家の周辺は、環境はいいが、近所にスーパーがない。車を走らせて行くことになる。駒子は運転が好きだが、あまり上手くない。自宅の車庫入れでさえ、ミラーをこすったりする。達彦に言わせると、はらはらして見ていられないそうだ。

「でも、ないんなら、しょうがないじゃない」

駒子は少しむっとした声で言う。達彦が困っているようだから、手伝おうと好意で言ってるのに。

「ねえ、いっそ外食しない？　あなたも仕事で疲れているんでしょう？」

「うーん。今からまた着替えて外出するのも面倒。……鶏ハムが出てきたから解凍するよ。それに野菜炒めと玉ねぎスープでいい？」

「うん、もちろん。何か手伝おうか？」

「いいよ、別に。……あとで、玉ねぎスープを作って」

インスタントはあまり使わない達彦だが、生協の玉ねぎスープは気に入って、棚に買い置きしている。お湯を注ぐだけでできるお手軽なものだ。達彦がいない時や、澪がひとりで夜食を食べる時に重宝《ちょうほう》している。

達彦は、これくらいの作業しか私に期待していないんだなあ、と駒子は思う。

達彦はキャベツと玉ねぎと人参とピーマンを見事な手つきで素早く刻み、中華鍋を振り回して炒めた。鶏ハムを解凍して、出来上がった野菜炒めといっしょに盛り付ける。それにインスタントの玉ねぎスープと、糠漬《ぬかづ》けの壺の奥にあった古漬けを添える。いつもの食事に比べれば手抜きだが、忙しい時の夕食としたらまあまあだろう。

「いただきます」

向き合って食卓を囲む。

「澪は？」

スープをスプーンでかきまぜながら、駒子が聞く。

「まだ帰っていない」

「そう」

澪は高校でもサッカー部に在籍している。それも女子サッカー部ではなく、男子に交じって練習をしている。都立でも上位に連なるサッカー強豪校で、夏休み中でも遅くまで練習することが多いので、駒子はあまり気にしなかった。

「あの、澪のことだけど」

「なに？」

一昨日のことかな、と思う。だったら、食後にしてほしいのだが、と駒子は思うが、達彦はかまわず続ける。

「最近、ちょっとおかしいんだ。帰りも遅いし」

「それは、部活じゃないの？」

「いや、部活は辞めたみたいだ」

「えっ、そうだったの？」

「やっぱり、女子三人というのは難しかったんだろうね」

中学時代は女子サッカー部があった。なかなかの強豪校で、都の大会でも優勝したこともある。しかし、入学した都立高校には、女子サッカー部はなかった。それで、澪は同じ中学出身の女子サッカー部員二人と一緒に、男子ばかりのサッカー部に入部したのだ。入学当初は男子に負けないよう頑張って、ポジションを獲得する、と張り切っていたのだが。

「それで、本人は何も言わないの？」

「うん。だけど、このところ部活の運動着を洗濯に出さないからね。六月の中頃から練習に行っていないのは確かだ」

そんなことがあったのか。いつもどおりに振る舞っているから、全然気がつかなかった。

駒子の胸が痛む。澪がどれほどサッカーを続けたいか、知っていたからだ。

「学校辞めたいということも、部活辞めたことと関係しているのかしら」

「それはわからない。だけど、本人なりに悩んでいると思うんだ」

「じゃあ、本人に聞いてみる？」

「それもどうかな。問い詰めると、かえってよくない気がする」

自分から話を振っておいて、あいまいな話に持っていく。達彦は何を言いたいんだろう、と駒子は思う。

「だけど、ほんとに学校辞めたらどうするの？」

「学校だって、親の許可もなく、生徒を辞めさせたりはしないさ」

「それはそうだけど」

「ともかく、いまはそっとしておいた方が得策じゃないかな。こっちが何か言えば言うほど反発すると思うし」

だったら、どうしていま、この話を持ち出すのか。

駒子は内心苛立っている。澪のことは心配だが、発展性のない話をされても困る。

ふたりは黙ったまま食事を続ける。最近は、家庭の方もうまくいっていない。達彦が働きはじめたからか、単にそういう時期なのか。

駒子は達彦に気づかれないよう、小さく溜息を吐いた。

達彦が仕事を再開しない方が楽だった。お互い疲れてイライラしている。仕事を再開するにしても、新規事業部の仕事が落ち着くまで、待ってもらった方がよかったかな。

すると、沈黙に耐えかねたのか、達彦の方から駒子に尋ねてきた。

「そうそう、結局、中江さんの件はどうなったの？」

会社の話になって、駒子はほっとした。澪の話を突き詰めていくと、お互いのことを責めることにもなりかねない。

「ほんとうに会社辞めちゃったわ。経費の使い込みについて、いろいろ追及されるのが嫌だったんでしょうね」

「それじゃ、たいへんじゃない。ただでさえ人は足りないんだよね？」

「作業的にはそうでもない。もともと中江さんは実務をやらない人だったから」

今日の会議の後、駒子は一人一人と面談した。これまでの仕事のこと、これからどれくらい仕事を増やせるか、どんなふうに仕事をやっていきたいかについて、聞いてみたのだ。

いままでは中江が「必要ない」と言い張り、各スタッフと一対一で話すこともできなかったので、ちょうどよい機会だった。

「ただ、いままでは中江さんのワンマン体制だったから、すべては中江さんが決めていたの。スタッフもそれに慣れているから、意識改革するのがたいへん。誰も責任ある仕事はやろうとしないし」

海老原は精神的にもろいところがあり、庄野はもうすぐ退職だからと新しい仕事を拒み、池端は夕方五時には退社したい、と言う。花田だけは「なんでもやります」と意欲的だが、残念ながら俳句の知識と経験が欠けている。どうにもうまくいかない状況だ。

「実務だけならなんとでもなるの。問題は誰が編集長になるか、だわ。正社員じゃないと編集長は任せられないし、かといって私や花田さんがやるわけにもいかないし。頭の痛いところよ」

編集長を引き受けるとしたら、俳句の勉強を一からしないといけないだろう。雑誌に専念できるなら望むところだが、新しいビジネスを起ち上げることを期待されている以上、こればかりに関わってはいられない。

「やっぱり誰か新しく増やすしかないんじゃないの？　中江さんが抜けて戦力ダウ

ンだから、総務も嫌とは言わないだろう？」

「それはそうだけど、年度の途中だし、うちに来たいという人がいるかどうか。編集長を頼むならそれなりのキャリアのある人じゃないといけないけど、もともと『俳句の景色』は問題のある社員の受け皿って思われているし」

権藤部長とのスキャンダルで名前を知られることになった花田を引き取ったことで、その汚名はさらに強固なものになっただろう。

「だったら、問題のある社員をもっと引き受ければいいんじゃない？」

「えっ？」

「花田さんだって、部長がちょっかい出さなければ文芸編集者としてばりばり活躍してたのに、って言ってたじゃない。無能だから行き場を失ったわけじゃないんでしょ。そういう人はほかにもいるんじゃない？　探せば、編集長を任せられる人もいると思うよ」

「確かに……それはあるかもしれないわね」

会社というのはおかしなところだ。派閥争いに敗れたというだけで閑職《かんしょく》に追いやられたり、本人に関係なくてもミスやトラブルの責任を取らされたり、ちょっとしたことで出世レースから脱落する。妊娠出産や親の介護といった私生活のことも、レースでは不利な要素になる。それは仕事の能力とは関係ない。

「どうせ問題児の集まりなら、それを逆手《さかて》に取ればいいじゃない。新しい何かを起ち上げるなら、優等生よりも独立愚連隊《ぐれんたい》の方が似合ってると思うし」

「そうね、そういう考えもあるかも。どっちにしても正攻法では立ち行かない状況なんだから、イレギュラーなことを考えた方がいいよね」

社員が五百人もいる会社だ。出世レースから外れた人間の中にも人材はいる。少なくとも、中江よりはいい編集長になれる人物もいるだろう。

「うん、うん。そういう連中も、駒子さんなら率いていけると思うしね」

「ありがとう。だけど、達彦はすごいね。そういうこと、全然思いつかなかった」

「会社の中にいると、その場の常識っていうのに支配されがちだからね。外にいる方がかえって自由にものを見られるんだよ」

達彦は謙遜《けんそん》して言うが、そうとも限らない。家庭の主婦の方が保守的になることも多い。達彦がもともと自由な発想をする人間なのだ。

駒子が達彦に求めるのはこういうところだ。自分が行動する上で、よきアシストをしてほしいのだ。

「ともあれ、助かったよ。その線で考えてみる」

駒子がそう言って微笑むと、達彦も安心したように微笑み返した。ようやく食卓の空気が和んで、駒子はほっとした。

14

翌日、駒子は『奢りますから』と、人事課にいる二年先輩の宮園結理《みやぞのゆうり》を会社近くにあるホテルのカレービュッフェに誘った。宮園は以前書籍事業部にいたし、同じ年頃の娘がいるので、たまにランチを一緒にする仲だった。ホテルのランチは安くはないが、いつも行くようなお店は同じ会社の人間がうようよしている。ここには会社の人間はほとんど来ないし、長居もできるので安心だ。

「昨夜は遅くに連絡してすみませんでした」

それぞれビュッフェの皿に料理をいっぱいにしている。カレーだけでなくローストビーフやピッツァ、サラダなども豊富に並んでいるから、つい目移りしてしまう。

「いえ、よかったのよ。私も起きていたから」

結理はベリーショートと言えるくらいの短髪にベージュのスーツ。目鼻立ちが整っており、意志的な美人と言えないこともないが、口紅も薄く、しゃれっ気はない。

「じゃあ、食べましょうか」

時間を無駄にできない、とばかりに、結理はカレーをたっぷり載せたスプーンを口へと運ぶ。結理は細身なのにもかかわらず大食だ。ビュッフェにした理由のひとつはそこにもある。

駒子はどう切り出そうか、と思いながらサラダに手を付けた。ダイエットを意識しているので、野菜から食べ始めるのだ。

「それにしても、ずいぶんたいへんそうね。中江さんを追い出したんだって？」

結理はいきなり駒子の悩みに踏み込んだ。

「もうそんな話が伝わっているんですか？」

中江が駒子に辞表を叩きつけたのは、つい昨日のことである。

「だって、大騒ぎだったもの。中江さん本人が人事課にやって来て、『あんな上司、やってられない』って大声で課長に訴えていたわ」

「そんなことが……」

おそらく駒子に辞表を出して、その足で人事課長のところへ行ったのだろう。まだ駒子がスタッフと話し合っていた時間だ。

「追い出すつもりじゃなかったんです。実は……」

駒子はこれまでの経緯をざっと説明した。結理はうんうん、とうなずきながら、皿の上の食べ物を忙《せわ》しく口に運んでいる。

「本人が謝れば、これまでのことは不問にするつもりだったんです。どうせ私が来る以前のことですから。だけど、これからは困る、そう釘を刺したつもりだったのですけど……」

「あなたに頭を下げるくらいなら、会社を辞めた方がましってことね。ああいう男尊女卑の男にはありがちだけど」

結理はふと食事の手を止めて、ほおっと溜息を吐いた。

「だけど、まずいわね。あなたの評判がこれでまた落ちるわよ」

「また？」

「わかっていると思うけど、次長に昇進したことでいろいろ言われているからね。なかには『名誉男性』ってあなたのことを言う人もいるくらいだよ」

聞き慣れない言葉だ。

「『名誉男性』ってどういうことですか？」

「ほら、名誉白人って言葉は知ってるでしょ？」

「ええ、もちろん」

人種差別のアパルトヘイト政策を掲げていた南アフリカ共和国では、黄色人種は白人以下の扱いだったが、日本は経済的に南アフリカ共和国と強い繋がりがあったため、「名誉白人」として白人と同等の待遇を受けていた。それ以前にも、アーリア人至上主義のナチスドイツが、同盟国の日本を「名誉アーリア人」として、アーリア人と同等の扱いをしていた。どちらもレイシズムを基にした考え方で、政治的経済的に無視できない存在だから、仕方なく自分たちと同等と認めてやる、ということだ。政治的経済的に価値がなくなったら、名誉という称号は剝奪《はくだつ》される。どちらも本音では日本人を、白人、アーリア人より下に見ている考え方なのである。

「そこからきているんだけど、女なんだけど男に媚《こ》びて、男と同様の地位や扱いを手に入れている女って意味なのよ。ほら、政治家によくいるでしょ。これといった実績もないのに、男に引き立てられて目立つポジションを手に入れる女が。それでちやほやされていい気になっていたりしてね。だけど、彼女たちは男の政治家の『自分は女性に対してフェアである』という言い訳に使われているだけ」

「フェアである言い訳？」

「そうよ。自分たちは女性の力を評価しているから、女性も重要ポストにつけるのですよ、自分たちは理解のある人間ですよ、っていうポーズを取りたいのよ。でもまあ、取り立てられるのは、男の意見に同調できる女だけ。女性の意見を代弁してくれる人じゃない」

政治的なことにあまり興味のない駒子は、そういう見方で政治家のことを考えたことがなかった。しかし、結理はこういう話には慣れているのだろう。しゃべりながらも食事をする手を休めない。食べたり、しゃべったり、忙しい。

「それは……私も、名誉男性、つまり男に媚びて出世した女だ、と思われてるってことですか?」

嫌な言葉だ。自分はそんな言葉で形容されているのか。

「目立つ出世をすると、そういうふうに見る人もいるってことよ。若い女性社員なんかも『水上さんに失望した』なんて言ってるらしいわ」

男よりも、若い女性社員に嫌われるのはもっと堪《こた》える。かつては駒子を「家庭があってもいい仕事をする理想の上司」と言ってくれた子もいたというのに。

「うちの会社には、ほら、木ノ内さんって先例があるし」

「木ノ内さんとは一緒にされたくないです」

駒子は即答した。木ノ内は会社の女性の出世頭だ。駒子が入社した頃、木ノ内は書籍事業部の部長で駒子の上司だった。作家の恋愛感情を拒否したことで文庫化権を失った時、ひどく駒子を叱責したのも木ノ内だった。

『女性編集者は、作家に恋愛感情を持たれてナンボ、よ。それをうまく利用しなさい。女には女の闘い方があるんだから』

この人とは、絶対合わない、と、その時駒子は思ったのだ。

仕事は仕事。闘いなんて大げさなもんじゃない。それに、作家といえど人間。その感情をもてあそぶようなことはしたくない。

「そうだよね。あの人、上役と一緒の時は声が裏返るんだよ。見ててこっちが恥ずかしくなるくらい媚びてさあ。ああいう風にはなりたくないよね」

「ほんと、そう。私自身あの人は反面教師だと思っていたのに」

では、誰が正しい教師か、と言ったら、会社の中に思い当たる人はいない。そもそも女性で課長以上に出世している人間はほとんどいないから、ロールモデルとなるような尊敬できる女性上司はいないのだ。

「でもまあ、あの人もついに取締役。本望でしょうよ」

駒子は呟くように言った。私は出世するより楽しく仕事をする方が大事だけど、木ノ内はきっと出世がいちばん大事なことなのだ。

「そうよね。あの人もラッキーよね。制作部に異動になった時は、もう出世も打ち止めかと思ったけど、まさか会社のイメージアップのために昇進できるとはね」

「やっぱり、会社の狙いはそれだったんですね」

「あなたたちの昇進も同じ理由だよ。うちの会社が、女性の活躍を応援しているってアピール」

「そうじゃないか、と思ってました」

うすうす駒子も気づいていた。中途半端な時期の昇進、半年後にはどちらかを部長に、という慌ただしいやり方はどう考えても不自然だ。会社は女性管理職を無理にでも増やしたいのだ。

「権藤さんのセクハラ事件でうちの会社、評判落としたでしょ。それが実は新卒採用の応募者数にまで影響したんだよ」

「つまり、女性の応募が減ったってこと？」

「そうよ。それって由々しき問題なわけ。いま出版社って斜陽産業でしょ。優秀な男はよほどの本好きでもなければなかなか入ってこようとしないけど、優秀な女性は今でも出版社を受けたがる。ほかの産業より仕事がイメージしやすいし、リベラルで女性も活躍できる、って思われているんでしょうね。だけど、うちはセクハラがまかりとおっている会社だと思われて、女性たちにそっぽを向かれたのよ。権藤さんは、ほとんどお咎《とが》めなしだったからね」

昔と違っていまはＳＮＳが発達している。悪い評判は一気に拡散する。意識の高い女性ほど、そういう面は厳しくチェックするのだろう。

「それで応募者が減ったことに慌てた会社が、イメージアップするために、急遽女性の管理職を増やそうって決めたわけ」

「それで選ばれた私たちは、名誉男性、つまり上司に媚びたおかげだ、と思われてる、ってことなんですね」

「まあ、そういうことね。岡村さんの場合は何かと権藤部長に取り入っていたし、いろいろ噂もあったから、言われるのも当然だけど」

「私は上司と飲みに行くこともないし、上に媚びるようなことは一切していない。それはみんな知ってると思ってた」

会社の人とはほどよい距離を取る、無駄な飲み会は避ける。それが駒子の方針だったのに。

「それはそうだけど、この話も、根拠がないわけじゃないのよ」

「どういうことですか？」

「昇進の話が出る直前に、みんながもてあましている花田さんを、あなたが部下として引き取ったじゃない？　新規事業部にも連れて行ったし。それが実は次長昇進の裏取引だった、ってまことしやかに囁《ささや》かれているのよ」

駒子は衝撃のあまりスプーンを取り落とした。

裏取引。

そんな人間だと自分は思われているのか。

「とんでもない。花田さんを引き取ったのは、書籍事業部では誰も引き取り手がなかったからだし、花田さんの上司の沢崎さんに頼まれたからなんです」

「あなたは人がいいから、そんなことだろうと私は思っていた。あなたが候補に選ばれたのは、課長で子どもがいる女性はあなただけだからよ。そういう女性を昇進させる方がＰＲ効果としては大きいからね」

結理の言うとおり、駒子たちの会社の管理職で、子どものいる女性はほかにいない。木ノ内や岡村のように独身か、既婚でも子どもはいない女性だけだ。

「子どもがいることが、ＰＲ効果なんですか……」

いままで仕事では子どもがいることで得したことはほとんどない。扶養家族手当が増えたくらいだ、と思っていた。それが今になって会社の都合のいいように利用されるとは。

「だけど、男どもはそうは思わないからね。やっかみ半分、面白おかしい方に噂するのよ」

「そんな……。私は岡村さんみたいな野心があるわけじゃないし、細く長く会社勤めができれば、それでよかったのに」

管理課でのんびり仕事することに自分は満足していた。こたつの中のようにぬくぬくした快適な環境だったのに、誰が外に出たいと思うものか。

「わかる、わかる。私もそうだもの。この会社で女が出世したってろくなことはない。そりゃ、給料も上がるから少しは昇進したいと思うけど、せいぜい課長あたりで十分。偉くなるほど面倒なことも増えそうだし、足を引っ張られるもの」

駒子はすっかり食欲がなくなっていた。次長になってたいへんな思いをしているのに、まわりはそんな自分を『名誉男性』なんて言葉で貶《おとし》めるのか。

「それで、用ってなに？」

ふいに結理は尋ねた。

「えっ？」

「まさか、こんな話をするために、私を呼び出したんじゃないでしょう？」

そう言われて、駒子は結理を呼び出した理由を思い出した。結理の話がショックで、考えていたことがすっかり飛んでいたのだ。

「実は、ちょっとお願いがあって」

駒子は気を取り直し、手短に自分の考えを説明した。

どうせみんなが来たがらない部署なら、みんなが引き取りたくない社員を呼び寄せよう。そうした社員なら、うちに来ることも嫌がらないだろう。

勘のいい結理は、すぐに駒子の意図を理解した。

「つまり、花田さんみたいな社員で構成するってことね。そういう人を引き取って、あなたの方は大丈夫なの？」

「うちはすでにそういう人たちの集まりみたいなものですから」

「まあ、何人か、心当たりがないわけじゃないけど……」

「教えてください。これくらいしか、うちの部署に人を呼べる方法を考えつかないんです」

先行きが怪しい部署というだけでなく、自分が『名誉男性』なんて言われているなら人はやってこない。だが、なんとかしなければ絶対的なマンパワー不足なのだ。

「そうね。そうだろうね」

「お願いします」

「ちょっと時間をちょうだい。いろいろ調べてみるから」

「はい、もちろんです」

「それにしても、あなたもたいへんね。組織を作るところからやらなきゃいけないなんて」

「ええ、こんな面倒なこと、誰が望んでやりたがるのか、と思います」

「でもまあ、こうなった以上は頑張って。どんどん実績挙げて、岡村さんを出し抜いてあなたが部長になってよ」

結理がカレーをほおばりながら、そんなふうに駒子を焚《た》きつける。

「えーっ、結理さんがそんなことを言うんですか？　出世するとたいへんだ、って言ったばかりじゃないですか」

「それはそうだけど、誰かが出世しないと、いまの男性優位の体制は変わらないもの。花田さんの問題が起こった時だって、話し合いの場にもっと女性の管理職がいたら、状況が違ったと思うのよ」

「だったら、結理さんが部長になってくださいよ。会社のことをいろいろご存じだし、私より適任ですよ」

「だめだめ、まずはあなたが部長にならないと。会社の意図がどうであれ、女性の管理職が増えるのは悪くない。そして、その人たちが成功してくれないと、会社は変わらないわ。応援しているから、頑張って」

はなはだ虫のいい発言だったが、それが本音だろう。もし自分が逆の立場だったら、同じことを思ったはずだ。

誰かがやらないと状況は変わらない。だけど、自分は苦労を抱え込みたくない。できればほかの人に頑張ってもらって、自分は応援する立場にまわりたい。

なのに、自分は貧乏くじを引いちゃったかな。

「私、第二ターム行くね」

空になった皿を持って、結理が立ち上がった。ビュッフェのお代わりを取りに行くのだ。

「いってらっしゃい」

駒子はすっかり食欲がなくなっていた。手つかずのカレーやサラダやローストビーフが、蠟細工《ろうざいく》のサンプルのように形よく皿に残っていた。

コンビニに寄るという結理と別れ、駒子は一人で会社へと戻って行った。頭の中では『名誉男性』という言葉が渦巻いている。そんなふうに言われてまで、なんでこの部署にいるのかな。私はなぜ今の仕事をしているのかな。

「水上さん」

後ろから声を掛けられて振り向くと、そこには木ノ内がいた。きっちりフルメイクをして、肩までの内巻きのレイヤーの髪にも乱れがない。それまで噂していた相手だけに、駒子は動揺して、すぐに言葉を返せなかった。

「どうしたの？　なんか、元気ないわね。あ、そうか、中江さんが辞めたんだっけ。それで落ち込んでいるの？」

「ご存じだったんですか？」

「もちろんよ。中江さん、辞める前に総務でひと騒ぎしたから、会社中に噂が広がってるわ」

「申し訳ありません」

「たいへんだったわね。でもまあ、ああいう部下はいない方がかえってやりやすいと思うわよ」

「いえ、その……」

素直にはい、とは言えなくて、駒子は言葉を濁す。

「でも、ここで会えたのはよかったわ。あなたと話がしたかったの。時間ある？」

「えっ、はい、少しなら」

「じゃあ、喫茶店に行きましょう。大丈夫、長くはならないわ。三十分で切り上げるから」

そう言って、木ノ内はさっさと歩きだした。駒子は仕方なく後ろに続いた。

駅の近くの、あまり流行っていない喫茶店に入る。席に着くと、

「コーヒーでいい？　それとも紅茶？　アイス？　ホット？」

矢継ぎ早に質問が来る。そうだった。この人はいつもせっかちだった、と駒子はかつての上司の習性を思い出す。

「カフェオレをアイスで」

「じゃあ、それをふたつね」

オーダーに来たウエイトレスにそう告げると、木ノ内は駒子の方に向き直った。

「仕事の方はどう？　順調？」

「いいえ、大変です。マンパワーが不足しているし」

「確かに、『俳句の景色』のスタッフじゃ、大変よね。でもまあ、頑張って。あなたには女子社員の未来がかかっているんだから」

「女子社員の未来？」

「そう。あなたと岡村さんの活躍次第で、女子社員の評価が決まるの。なにがなんでも成功しなきゃいけないのよ」

駒子はそれに即答できず、黙りこむ。

「どうしたの？　それってしんどいと思う？」

「ええ、まあ」

「どうして？」

「それは……。それまでやってきた仕事が評価され、それで引き上げられるならまだわかります。だけど、別の部署に異動になって、知らないスタッフの上司になって、それで実績を上げろ、と言われても、なかなか」

「確かに、ハンデがあるわね。でも、それを乗り越えてこそ、みんながあなた方のことを評価すると思うのよ」

「それはそうかもしれませんけど……」

「あのね、この会社は男社会だし、それはちょっとやそっとじゃ変わらない。男と同じことをやっていても、なかなか認めてもらえない。男を凌《しの》ぐような実績を上げて、初めて女は認められるのよ。だから、あなた方を昇進させるについても、反対する人も多かった。それで、私が部長会議で提案をしたの。新規の事業をふたりにまかせてみたら、って」

「えっ、それってつまり、今回の人事は木ノ内さんが仕掛けたってことですか？」

「まあ、そう言えなくもないわね」

駒子があっけにとられて言葉を失っているところに、タイミングよくオーダーしたカフェオレが来た。駒子はストローでカフェオレを飲みながら、なんて言ったらいいか、と考える。

「あなたも岡村さんもかつては私の部下だったもの。力量はわかっているわ。岡村さんは正攻法で得点を稼ぐけど、あなたは少しずつ周りを味方につけて、いつの間にか困難を取り除く。だから、ハンデがあっても実績を上げてくれる、と信じているわ」

「はあ、ありがとうございます」

そんなに自分を買ってくれていたのか、と駒子は驚いている。当時は厳しいばかりで、そんな風にはちっとも思えなかった。

「私が入社したのは、男女雇用機会均等法の施行《しこう》される直前。まだセクハラとかパワハラいう概念もなかったし、女は男の補佐、という考え方が当たり前だったから、一人前だと認められるのに本当に苦労したわ。私が最初はアルバイトだったことは知ってるでしょう？」

「はい、もちろん」

それはかつて上司だった頃によく聞かされた。当時は女性の正採用がなく、最初は編集補佐のアルバイトとして雇われた。そこで有能だと認められて契約社員に昇格、実績を上げて正社員になったのは、三十歳になった頃だった。それに比べればあなた方は恵まれているんだから頑張りなさい、と発破《はっぱ》を掛けられたものだ。

「正社員になった三十歳が私のキャリアのスタートだった。仕事は面白かったし、いいものを作れば売れる時代だったから、やりがいもあった。だけど、そこで頑張れば頑張るほど陰で悪口を言われたし、上司に媚びて出世した、とレッテルを貼られた」

「それ、嫌じゃなかったですか？」

「そりゃ、いい気持ちはしなかったわ。だけど、負け犬の遠吠えだと思ったし、だからこそ、誰もが文句を言えないような実績を作ろうと思った。じゃないと会社の体質は変わらない。いつまで経っても女性は低くみられる。私の頑張りが後続の女性のためになると思っていたから、それが心の支えになったのよ」

「ご立派ですね」

「他人ごとじゃないわ。今度はあなたや岡村さんが頑張って、結果を見せる時なのよ。あなた個人のためでなく、あなたに続く後輩たちのために」

冗談じゃない、と駒子は思った。勝手に期待されても困る。私は私自身の仕事や生活を守るだけで精一杯だ。

「私にできることなら協力するわ。だから、一緒に頑張りましょう」

「は、はい」

「今が、あなたの会社人生でいちばん大事な時なのよ」

「そうですか……」

駒子の気のない返事を聞いて、いらだったように木ノ内がストローでグラスをかきまぜた。ストローを持つ木ノ内の爪はサーモンピンクに染まっているが、先の方だけ銀色に縁どられている。ちゃんとネイルサロンに通っているのだろう。木ノ内は六十歳に手が届く年頃だが、おしゃれも手を抜かない。

「あなたもいまの会社がおかしいと思わない？　課長以上に何人女性がいる？　部長以上は、私しかいないのよ。実際に部長や専務になっている人間を見なさい。みんなそんなに優秀な人間かしら？　自分の方ができるのに、と思う人もいっぱいいない？」

「ええ、それは……まあ」

駒子は何人かの顔を思い浮かべた。世渡り上手というだけで出世した輩《やから》は何人もいる。男だから優秀なんて、欠片《かけら》も思っていない。

「だけど、私、正直に言えば、そんなに出世したいと思ってなかったんです。今までの仕事や待遇に満足していたし、出世したらいろんな責任も負うことになるから、私に務まるかな、と思ってましたし」

木ノ内の顔から微笑みが消えた。そして、軽い溜息をひとつ吐く。

「やっぱりあなたもそうなのね。自分の小さな幸せが大事で、会社の体質を変えようという気がないのね。セクハラやパワハラで泣く女性社員がなくなるために頑張ろう、とは思わないのね」

「そういうわけでもないのですが」

「正直、あなたが花田さんを自分の部署に引き取ったと聞いて、感心したのよ。自分の保身よりも、困った女性社員を助けようとする気概《きがい》があるって。そういう社員は女性でも少ない。だからこそあなたを部長候補に、って推薦したのに」

そうだったのか。自分が花田を引き取ることで出世したと噂されているのは、完全に間違いというわけではなかったのだ。

ただ、私の気持ちだけは置き去りになっているが。

「それは……自分のできる範囲でしたら、助けられる部下は助けたいと思います。

自分の関わる人たちは、できるだけ幸せであってほしい。でも、それが仕事をする目的ではありませんから」

「あなた、もしかして出世することに、よほどネガティブなイメージを持っているんじゃない？」

そう言われると、どきっとする。木ノ内は駒子の目にひたっと視線を合わせながら、話を続けた。

「出世すれば人にやっかまれる。面倒な責任も負わされる。そう思って出世したがらない女性は多いわ。女性は『みんな一緒』が好きだから」

「みんな一緒？」

「そう。よく言えば和を重んじる。自分が人より突出することを望まない。みんなと一緒の方が楽だから」

「それはまあ、そうかもしれません」

「そういう人ばかりだと、状況は変わらない。誰かがそこを抜けて戦う勇気を持たないなら、女はいつまでたっても男と対等にはなれないわ」

それはそうだ。だけど、なぜその『誰か』に自分がならなきゃいけないのだろう。

「それにね、出世するとよいこともあるの。給料が増えるというのはもちろんだけど、自分でできる仕事の裁量が増えるってこと」

「それは、いいことでしょうか？」

「あなた、いつまでも人に言われた仕事をしていたい？　自分で仕事を考えて作る。それを実行する。自分の会社のポジションが上がった方が権限も増えるから、それはより可能になる。会社全体に関わるような仕事もできるし、よりクリエイティブなことができるのよ」

「ああ、なるほど」

そういう考え方もあるのか。自分では思いつきもしなかった。

「正直、会社で初の女性部長になった時は、嫌なこともいっぱいあった。まわりの嫉妬はすごかったし、部下でも私をないがしろにする人間もいたし。部長会議に最初に出た時は、あなたは女性だからお茶を淹れるように、って言われたのよ」

「うわ、それはキツイですね」

「最初は屈辱だと思ったわ。笑顔でお茶を淹れたけどね。だけど、二度目の会議の前にペットボトルのお茶を部下に買いに行かせて、それを机の上に並べておいたの。そしたらもう、お茶を淹れろとは言われなくなった」

それを聞いて駒子は感心した。木ノ内は上司の顔色ばかり窺《うかが》っているという噂だったが、言いなりになってばかりいるわけではなかったのだ。

「部長になって嫌なことはあったけど、それ以上に面白いことの方が多かった。会社の創立六十周年を記念して作家六十人に書下ろしを頼んだり、若者向けの新しいレーベルを立ち上げたり。制作部に移ってからもＤＴＰを本格的に導入したりして、結構楽しかったわ」

「木ノ内さん、実はポジティブ思考なんですね」

自分は噂を鵜呑《うの》みにして、この人のことを誤解していたのかもしれない。だけど、木ノ内と関わっていたのは自分が平社員の頃で、相手は部長。まともにしゃべったことはなかったのだ。どんな人かなんて見極めることはできなかった。

「女性の管理職を増やしたいというのはね、女性の待遇を上げたいと思うだけじゃなくて、こんなに仕事が面白いってことをみんなに知ってほしいのよ。出世すると確かに面倒はある。責任も増える。だけど、それ以上にやりがいもあるし、自由になる部分もある。それを男だけに独占させておくのももったいない、と思っているのよ」

「はあ……」

「岡村さんはわかってくれたわ。いつまでも馬鹿な男の下で働きたくない。優秀な女性管理職が増えることが、会社の居心地をよくすることだって」

岡村がそんなことを。功利主義で、自分のことしか考えてないように見える彼女が？

「だから、あなたにも頑張ってほしいのよ」

「だけど、やっぱり自分はそういう立場にふさわしいかどうか自信がないんです」

「自信があるとかないとかいまさら言っても、今現在、あなたはそういうところにいるの。下手に自分を卑下《ひげ》するのは、失敗した時の言い訳を今から探しているようなものだわ」

木ノ内の言葉は駒子のこころに突き刺さった。

確かにそうだ。自分は適任ではない、と言ってしまうのは、謙虚さではなく、重責を負いたくないための言い訳なのだ。

「知ってる？　私やあなたは『名誉男性』って呼ばれてるらしいわ。男に取り入って、出世した女って」

思わず駒子は顔を上げて木ノ内の顔を見た。

「ご存じだったんですか？」

「まあ、そういうことをわざわざ教えてくれる人もいるからね。だけど『名誉男性』、上等じゃない。そんな風に言われるってことは、男にとって無視できない存在ってことなのよ。それに、きっかけが何だって、結果を出したら勝ち。自分の有能さを認めさせたら、そんなことは言われなくなるわ」

「そうでしょうか」

何度も社長賞を取り、取締役にもなったけど、いまでも木ノ内は陰で「名誉男性」と呼ばれているのだ。

「結果を出せなかったら、あなたはその名のとおり『名誉男性』。男の好意で次長の座に留まることが許されている女、ということになるのよ。実力がないんだから、そう呼ばれても仕方ないでしょう、ほんとうのことなんだから」

結果が出せなかったら「名誉男性」そのもの。確かにそうだ。

「いい加減、覚悟を決めなさい。あなたはもう頑張るしかないのよ」

木ノ内の言葉は静かだが、説得力に満ちていた。まぶしいほど信念にあふれた木ノ内を、駒子はまっすぐ見ることができなかった。そんな自分の覚悟のなさを、駒子は後ろめたく思うのだった。

15

結理はカレーランチを奢った分の借りを、きっちり返してくれた。

仕事の能力とは関係なく、会社の都合で左遷《させん》された人物。

ささいなミスで上司の機嫌を損ねて閑職《かんしょく》へ追いやられた人物。

子育てや介護のために十分な働きができず、職場に居づらくなっている人物。そうした人間を十人ほどピックアップし、その履歴《りれき》をまとめたものをレポートにして駒子へ渡してくれた。

「これがすべてという訳じゃないけど、私が思いつくのはこんなところ。本人が現状をどう思っているか、現在の上司がどう評価しているかまではわからないけど、口説けば動く人間はいると思うわよ」

結理に感謝しつつ、駒子はレポートをチェックした。なるほど、言われてみれば、と思う人物もいるし、部署が離れていて存在すら知らなかった人物もいた。

その中のひとり、これ、という人物がみつかった。

長谷川智樹《はせがわともき》。

学術系の書籍を多く手掛け、会社で新書のシリーズを起ち上げた時の中心人物だった。文学全般に造詣《ぞうけい》が深く、俳句に関する本も何冊か手掛けている。

かつては新書の編集長で、部長になるのも時間の問題とみられていたが、派閥争いに敗れ、編集とはまったく関係ない物流センターに左遷された。年齢は四十六歳。会社員人生でもうひと花咲かせたい、と思っている年齢だろう。性格も温厚で、周囲の評判も悪くない。駒子とも面識はあるし、『俳句の景色』の編集長を引き受けてくれる可能性も高い。駒子は長谷川を仕事終わりに呼び出し、話をすることにした。場所は会社から少し離れた神楽坂《かぐらざか》にある居酒屋である。座席ごとに壁で区切られた半個室なので、ほかの人間に話を聞かれる心配はない。

「水上さんとお会いするのは久しぶりですね。お酒をふたりで飲むのは初めてでしょうか?」

ビールで乾杯した後、長谷川がそう切り出した。

「ほんとに……。突然、お呼び出ししてすみません」

「ちょっと面食らいましたよ。折り入って相談って、どういうことでしょう?」

長谷川はやや緊張した様子だったが、顔には笑みを浮かべている。昔からあまり感情を露《あら》わにはしないタイプだった。

「はい。ちょっと内密のお話なんですが」

駒子は現状を手短に説明した。そして、『俳句の景色』の編集長が早急に必要なこと、長谷川に引き受けてほしいことを伝えた。

長谷川は黙って聞いていたが、聞き終わると「うーん」と腕組みをして考え込んだ。

「僭越《せんえつ》ながら、長谷川さんほどの編集者が現場を離れるのはもったいないと思うんですよ。その知識と経験を、もう一度編集部で生かしてみませんか? 『俳句の景色』は、決して華やかではありませんが、歴史のある雑誌です。それに、俳句に限らずやりたいことがあればどんどん進めていってくださってかまいません。むしろそうやって仕事を広げていくことが、うちの部署には期待されていることですから」

駒子は懸命に説得した。なんとか長谷川に引き受けてもらいたい、その一心である。そして、言うべきことを言うと、長谷川の言葉を待った。長谷川は目を瞑《つむ》っていろいろ考えている。手持ち無沙汰の駒子は、ジョッキを手に取ってビールを口に含んだ。形ばかりで、味を感じない。

「声を掛けてくださって、ありがとう。編集者としての僕の仕事を評価してくださったのは、とても嬉しいです」

長谷川は決意したように口を開いた。駒子はジョッキを置いて次の言葉を待つ。

「だけど、今は動けません」

期待していた言葉とは反対だった。おそらく承諾してくれるだろうと思っていただけに、駒子はショックを隠せない。

「それは……なぜ？」

「実は、まだ正式に発表になっていませんが、物流システムの刷新《さっしん》プロジェクトが動き始めているんです。かなりの大型プロジェクトで、完全に軌道に乗るまでには五年は掛かると思います。僕はそれに関わっているんです」

駒子は目を見張る。そういう状況とは、まったく知らなかった。

「このプロジェクトを中心的に進めているのは金田《かねだ》常務。編集部で行き場のなくなった僕を、こちらに引っ張ってくれた人です。常務は、僕にこれを任せたい、そのために呼んだんだ、と言ってくれています。なので、その期待を裏切るわけにはいかないんです」

「そうでしたか」

駒子は溜息を吐いた。そういうことだったのか。

長谷川は誠実な人間だ。金田常務を裏切るようなことはしないだろう。

「そういうご事情なら、仕方ないですね。考えてみれば、長谷川さんほどの方を会社がほうっておくわけはないですものね。残念ですけど、この話はなかったことに」

「はい。ですが、僕を思い出してくださったのは、嬉しかったです」

「それは……。長谷川さんが編集から外れるのは残念だ、と思っていましたから」

「ありがとう。だけど、会社で大事なのはコンテンツを作ることだけじゃないし、編集以外の部分も同じくらい大事なんですよ。そちらにどれだけの人材を投入できるかで、出版社の厚みが違ってくる」

それを聞いて、駒子は恥ずかしくなった。長谷川が編集の現場を外されたことを、当然不満に思っているだろう、と思い込んでいたからだ。出版社では編集者がいちばんやり甲斐のある仕事、そういう考え方に、自分も毒されていたかもしれない。

「それに、これからは出版社も本を作るだけでは立ち行かなくなる。コンテンツを使った版権ビジネスを推し進めるとか、それを使ったイベントをやるとか、従来のビジネスをもっと広げていかなければいけませんからね。そういう意味では、水上さんの部署が起ち上がったのはいいことだと思うんですよ。まさに新規事業が必要な時期にきていますからね。それも女性ふたりが中心になるというのは、従来にない発想を期待しているからじゃないですか？」

「ありがとうございます」

　そんなふうに自分たちのことを見てくれる人がいるとは思わなかった。長谷川の見方はやさしい。こんな人といっしょに仕事できたら、ほんとうによかったのに。

「お互い、自分の場所で頑張りましょう」

　柔和《にゅうわ》な顔を向けられて、駒子も大きくうなずいた。

　長谷川との会合はなごやかな雰囲気で終わった。駒子は会合の内容について、長谷川に口止めすることはしなかった。あえて言わなくても、長谷川ほどの人間だったら理解してくれているだろう、と思ったのだ。

しかし、その考えは甘かった。駒子が長谷川に声を掛けた、という事実は、あっと言う間に会社内に広がっていた。

それに駒子自身が気づいたのは、岡村の部下の有賀政徳のせいだ。長谷川と会った二日後、話がある、と喫茶店に呼び出され、いきなり言われたのだ。

「水上さん、『俳句の景色』の編集長を募集しているんでしょう?」

「どうしてそれを?」

「会社中の噂になっていますよ。物流の長谷川さんをスカウトして断られたって」

駒子は絶句した。長谷川がしゃべったのだろうか? こんなデリケートな話を?

まさか、そんな。

「それを聞いて、僕は思ったんです。誰か必要なら、僕が編集長になったらダメだろうか、って」

「それ、本気?」

「ええ。もともと大学時代の専攻は日文で、卒論は正岡子規《まさおかしき》だったんです。ゼミの指導教官は有名な俳人でもあったし、俳句についての基礎教養はあると思います」

「でも……あなたは岡村さんが引っ張ってきた人間だし、そちらの方でも必要とされているでしょう?」

「いえ、僕がいなくても、あちらは優秀な人材が揃っていますし、僕が抜けたからって、困ることはないですよ」

突き放したように有賀は言う。そう言えば、有賀が新規事業部に来たのは課長のポストが約束されているからだ、と噂に聞いていた。しかし、実際に岡村が課長に指名したのはほかの人間。有賀は係長職だ。それなら、いままで在籍していたミステリ文庫の副編集長とランクでは変わらない。有賀にはそれが不満なのだろう。

「それに、僕はやっぱり紙の本を作ることが好きですから。『俳句の景色』だって作りようでどうにでも変えられると思いますし、僕ならそれができると思います。どうか、僕を『俳句の景色』の編集長にしてください」

いきなりの提案に駒子は戸惑った。

有賀の仕事ぶりは悪くない。真面目だし、少々依怙地《いこじ》なところはあるものの、事務処理能力は高い。若いからこれから編集者としての伸びしろはあるし、得難《えがた》い人材ではある。

しかし、有賀は岡村の部下である。岡村がそれをすんなり承諾するだろうか。

「有賀くんがそう言ってくれるのはありがたいわ。だけど……岡村さんがなんと言うかしら。岡村さんが反対して揉めるようなことは、したくないのだけど」

「おそらく大丈夫だと思います。岡村さんは僕よりも田辺《たなべ》のことを評価しているし、僕のことは、編集者気質が抜けない、融通の利かないやつ、と思っているみたいですから。僕が抜けてもなんとでもなると思います」

田辺というのは、岡村が課長に抜擢《ばってき》した女性だ。海外の版権ものなどを担当している。有賀を係長に留めて、田辺を昇進させたということは、有賀よりも田辺に期待していることは事実だろう。

「だけど、だからと言って岡村さんが簡単にあなたを手放すかしら。仕事はどんどん増えるというのに」

「それは、聞いてみないとわからないじゃないですか」

「でも……」

こちらから積極的に働きかけるのは気が進まない。その気持ちを察したのか、有賀の方が問い掛けてくる。

「では、岡村さんの許可さえ取れれば、僕を『俳句の景色』の編集長にすることに賛成していただけるのですか？」

「それはもう。有賀くんなら間違いないと思うし、うちへ来たいという気持ちはとても嬉しいわ」

「じゃあ、僕から岡村さんを説得してみます。なので、そちらの決着がついたら、よろしくお願いします」

有賀は勝算ありげにそう言い切った。

その夕方、駒子の席に珍しく岡村が近づいてきた。

「今日は忙しい？　時間があれば、飲みに行かない？」

岡村はなんとなく険《けん》のある目つきをしている。それを見て、有賀の件だな、と駒子は直感した。

「いいわ。七時には出られると思う」

「じゃあ、七時で。店はこちらで予約しておくわ」

それだけ言うと、岡村は席に戻って行った。

岡村が指定したのは、飯田橋《いいだばし》駅の東口近くにある居酒屋。会社とは反対方向にあるので、あまり来ることがない。客席を半個室に区切っていて、密談には適している。長谷川と会った店と同じような内装だ。

「お待たせ」

岡村は、五分ほど遅れてお店に現れた。

「いえ、私もいま来たところ。とりあえずはビールでいいかしら」

「ええ、それから、フードも適当に頼んで」

注文が終わってビールが来るまで、なんとなくふたりは黙っている。その沈黙が気詰まりで、ビールが運ばれて来たところで駒子が「じゃあ、乾杯しましょうか？」と、問うたが、岡村は「べつにいいんじゃない？　お祝いするわけでもないし」と、そっけない。それでふたりは黙ってビールに口をつける。その後、お通しやら、注文した食べものがいくつか運ばれたところで、

「じゃあ、そろそろ本題に入りましょうか」

と、岡村が話し出した。

「あなたの方にもすでに話はしたそうだけど、有賀が『俳句の景色』の編集長になりたいそうね。そちらも困っているから、渡りに船だそうだけど」

いきなり切り込むところが岡村らしい。

「ええ、今日言われてびっくりしたのだけど、そちらの事情もおありでしょうから、簡単にはいかないだろう、と有賀くんには言ったのだけど……」

「で、彼が欲しいの？　欲しくないの？」

「そりゃ、欲しいわよ。こっちは人材不足で困っているんだから」

「だったら、最初からそう言えばいいじゃない。いい人ぶらないで」

「いい人ぶるなんて、そんな」

岡村の言い方はこっちに喧嘩を吹っかけているみたいだ、と駒子は思う。

岡村にとって面白くない話だとはいえ、ビジネスなんだからそんなに感情をむき出しにしなくてもいいのに。

「まあ、こちらも有賀に対しては失望したのも事実だから。彼には電子書籍やHPの方の仕事をやってもらおうと思っていたのだけど、若いのにアナログな人間だったのよ。電子書籍とかネットビジネスについて、まるで知識がないの。だから、企画のひとつも上げられないし、どうしようか、と思っていたのよ」

「だけど、本人のやる気があれば、なんとかなるんじゃないの？」

「本人も勉強します、って言ってるけど、根っから好きな人間にはかなわないわね。有賀より彼の部下の高橋の方がいろいろ知ってるし、企画もどんどん出してくる。だから、高橋の方にまかせた方がやりやすいのよ。だから有賀をそっちが引き取ってくれるなら、それでもかまわないわ」

「だったら、そうさせてもらえると助かるわ。こっちはアナログな雑誌だから、むしろアナログな人間の方がやりやすいし」

部下のことを未練なく切り捨てようとする岡村に、駒子はざわつくものを感じていた。いくらなんでも、異動してそれほど時間も経たないのに「見込み違いだった」と言われる有賀が気の毒だ。実績を上げようという岡村の覚悟は立派なものだが、それでそんなふうに部下を使い捨てにするのはどうなのか。

「でも、ただで、とは言わないわよ」

岡村の目がきらりと光る。

「どういうこと？」

「そちらに有賀をあげるから、代わりに花田をこっちにもらえないかしら」

「えっ、花田を？」

「だって、花田自身が言っていたわよ。あなたは花田のことを信用してないんじゃないか、って」

寝耳に水だった。むしろ、今の部署では花田をいちばん頼りにしているのに、どうして彼女はそんなことを考えたのだろう。行き場のない彼女を引き取った、そのことに感謝されても、不満に思われる筋合いはないのに。

「それは、ほんとに花田が言ってたことなの？」

花田のことを信用していただけに、駒子はショックを隠せない。

「ええ、彼女はいろいろと話してくれるからね。あなたが長谷川さんのことをスカウトした話も、彼女から聞いたわ」

「えっ、そのことも」

噂の出所は長谷川自身ではなく、花田だったのか。

「知らなかったみたいね。彼女は頼みもしないのに、そちらの状況を私に教えてくれるの。まるでスパイみたいにね」

「それは……なぜ」

「さあ。あなたの部署がダメになった時、私の方に鞍替《くらが》えしたいからじゃないかな。私の覚えをめでたくしておきたいんでしょう。あの子なりの処世術よね」

「信じられない。あの子は、権藤さんに逆らってでも自分を通そうとする、芯の強い子だと思ってたのに」

駒子はそこが気に入っていたのだ。長いものにも巻かれない、そういう強さ、自分を持っている子だと思っていたのに。

「ああ、あれね。権藤さんを嵌《は》めようとして失敗したやつ」

岡村がふっと鼻で笑った。

「えっ、どういうこと？」

「知らなかったの？　まあ、あなたはあれよね。いろいろ世間に疎《うと》いから。……煙草吸うわよ」

そう言って、岡村はバッグから煙草を取り出した。そして、部屋の隅のカウンターに置かれている灰皿を取って自分の前に置いた。

「あのセクハラ事件はでっちあげってこと？」

「そうじゃないわ。権藤さんが花田にまとわりついたのは事実。花田の自宅まで押し掛けたのもね。彼女が困っていたのはほんとうの話。まあ、自分の部下にそういうことを平気でやる男だから、権藤が訴えられたのは自業自得。いつかは刺されると思っていたけど」

岡村は煙草に火をつけた。赤いマニキュアの施《ほどこ》された指に、細い煙草が決まっている。まるで古い映画のワンシーンのようだ。

「それを訴えるってことが、権藤さんを嵌めるってことになるの？」

「後ろで糸を引いていたのが、沢崎だからね」

「沢崎さん？　どうして」

思わず声が大きくなった。沢崎は花田のかつての上司だ。セクハラ事件の後、加害者で上司の権藤と、被害者で部下の花田に挟まれて困っていた。それで、花田を引き取ってくれ、と自分に頭を下げた。

それなのに、沢崎が黒幕ってこと？

「花田とできていたのは、権藤ではなく沢崎。権藤がしつこく花田に絡んだのも、それを知っていたからよ。花田が清潔な女じゃないと思っていたから、自分が手を出してもいける、と思ったんでしょうね」

突き放したように言う岡村。

「それで沢崎さんが花田に、権藤部長を訴えるように言ったってこと？」

「権藤がいる限り、沢崎に出世の目はない。沢崎にとって権藤は目の上のタンコブ。それで花田に権藤部長を訴えるようにそそのかしたのよ」

「それは……ほんとうなの？」

「ほんとうよ。私は権藤部長から直接聞いたからね。さすがに、ほかの人間は知らないみたいだけど」

岡村は紫煙《しえん》を口から吐き出した。いつもなら気になる煙草の煙も、ショックで気持ちが固まっている駒子には気にならなかった。

「沢崎のもくろみでは権藤部長が飛ばされ、後釜に自分が座る気だった。だけど、現実には権藤部長がそのまま残留。実際にやっちゃったわけじゃないし、それだけ今の社長は権藤を買っていたってことでもあるし。それで沢崎は花田の処遇に困ってしまったのよ。自分が部長になれば花田のことをかばってやれるけど、権藤が残留している以上それはかなわないし、それどころか権藤にどういう逆襲をされるかわからない。それであなたに押し付けたってわけ」

「そういう……ことだったの」

ほかの課長たちはそれを知っていたのだろうか？　自分だけが何も知らないお人よしだったのだろうか。

「だけど……沢崎さんはそのままのポジションに残ったのね。権藤さんはよくそれを許しているのね」

「そりゃ、沢崎の仕事の能力を買っているからよ。編集者としたら優秀だしね。花田の存在は沢崎の弱みでもあるし、追い出そうと思えばいつでもできる。それより利用した方がいいって思ってるのよ」

そういうことか。だとしたら、権藤は自分が思っていたよりずっとしたたかだ。

「頼みもしないのに花田がスパイじみた真似をして、私にあなたのことをいろいろ御注進してくれたのも、そういうことがあったから。あなたは潔癖だから、自分と沢崎の関係を知ったら怒って追い出されるだろう、って恐れているみたい。それで、万一の時のための保険として、私に近づいたのよ」

花田がスパイ。

自分のことを、いろいろ岡村に訴えていた。

今日聞いたことのなかでも、駒子にはその事実がいちばん衝撃だった。胸がどんより重くなった。

「それで、あなたは花田を引き取るつもりなの？」

「それもいいかも、と思うの。弱みも握っているから、私の言うとおりに動いてくれるでしょうし。有賀よりは使えそうだし」

「有賀くんの代わりに、係長にするつもり？」

「とんでもない。そこまで優遇するつもりはないわ。私の場合、沢崎よりも権藤部長といい関係でいたいからね。こっちに来たいって言うんなら受け入れるけど、だからって甘やかすつもりはないわ」

だとすると、花田が岡村の部下になっても、いい目にはあわないだろう。自分を裏切っていた部下だ。そこでつらい思いをすればいい。

それはそうなのだが。

「ね、悪い話じゃないでしょ？　お互い期待外れの部下を手放すチャンスだし。ね、そうしましょうよ」

岡村の目が、きらりと光った。獲物を狙う鷹の目のようなその鋭さに、駒子は息を呑んだ。

岡村と早々に別れると、駒子は会社に電話を入れた。

「はい、新規事業部です」

「ああ、よかった、花田さん、まだいたのね」

「はい、もう帰ろうと思っていたところですが……」

「あの、今まだ飯田橋に居るんだけど、ちょっと話があるの。来られるかしら」

「飯田橋の、どちらですか？」

駒子が駅前の喫茶店の名前をあげると「わかりました。あと十分ほどで伺います」と言って、電話を切った。花田は用件を聞かなかった。駒子の口ぶりから深刻な話だと理解したようだった。喫茶店に入ると、駒子は考えを巡らせた。岡村にはしばらく考えさせてくれ、と言って別れたが、岡村の言うことがほんとうかどうか、確かめたかったのだ。しばらくすると、花田が店に入ってきた。ドアを開けた途端、ぱっと場が華やぐような美しさが花田にはある。

「お待たせしてすみません」

ウエイトレスが注文を取りに来た。駒子は珈琲、花田はカフェオレを注文する。

「今日はまだ仕事していたのね」

「はい、例の件の企画書をまとめていたので」

「あれは、とてもいい企画だわ。ぜひとも実現させてほしいの」

それについては、駒子も承諾していた。社長から提案があったレインボーホールの有効活用の件である。花田が出してきたのは、ある程度名前の知られた女性実業家に、女性を対象にした連続講座を依頼する。その講座を基にした書籍を自費出版で刊行してもらう、というものだ。イベントは会費制にすればそれだけでも売り上げは立つが、自費出版に繋げるためのきっかけ作りとしても有効に作用するだろう。

「はい、もちろんです」

「それで、わざわざ来てもらったのは、この企画、うちの部署でほんとにやるつもりがあるのか確認したかったの」

「どういうことでしょう？」

話がわからない、と言うように、花田が首を傾《かし》げる。

「その、岡村さんに言われたの。あなたが、岡村さんの部署に移ることを希望しているって」

花田の顔が強張った。そこまで話が通っているとは思わなかった、という顔だ。

「私としたら信じられなくて。……あなたは、私についていきたいって言ってくれたわね。それであなたを管理課からわざわざ異動させたんだけど」

「それは……」

花田はなんと言ったらいいか、言葉を探しあぐねているようだ。

ウエイトレスがオーダーした飲み物を持って来た。ふたりは沈黙したまま、目の前に飲み物が置かれるのを見ている。ウエイトレスが去ると、駒子は話を続ける。

「いまの部署で、あなたのことを一番頼りにしていたのよ。あなたが岡村さんの方にいきたいって聞いた時は、ショックで目の前が真っ暗になったわ」

花田はきっと唇を嚙みしめている。何か言おうとするが、言葉にならない、という表情だ。

「岡村さんは、あなたと沢崎さんとのことも言ってたのだけど……、そういうことも、にわかには信じられなくて……」

沢崎の名前が出た途端、花田はきっとした顔で駒子を睨んだ。

「それで、どうだと言うんです。彼はもともと奥さんとうまくいってなくて、離婚調停中なんです。いずれは奥さんと離婚します。そうしたら、別に人に恥じることじゃないし、何がいけないんですか？」

いままで聞いたことのないような、開き直った口調だった。たおやかな花田が、こんな気の強い言い方ができるのか、と駒子は驚いた。

「いえ、それが悪いと言ってるわけじゃないの。男と女のことは、何があっても不思議じゃないし。だけど……権藤さんを訴えたのは、沢崎さんの入れ知恵だって聞いたから……」

「やっぱり、水上さんはそう言うと思ってました。沢崎さんと私のこと、不愉快に思ってるんでしょう？　水上さんは潔癖だから」

「それは……」

花田の強い口調に、反論する言葉もみつからず、駒子はたじたじとなった。

「だけど、私に何ができたと思います？　権藤部長は、私と彼の関係を知って『沢崎とやっているなら、俺とやってもいいだろ』と迫ってきたんですよ」

強気な言葉とうらはらに、花田は泣きそうになっていた。

「水上さんはいいですよ、結婚して職場でも評価されているから、守られている」

それは否定できない。独身時代にはよくあったセクハラ、既婚者からの誘いなども、結婚が決まった途端、ぴたっと止まった。達彦はフリーだったが、駒子の編集部の仕事も受けていたので、社内外に達彦を知ってる人も多かったのだ。

夫の顔が見える。それがセクハラを遠ざけるとは思わなかった。結婚することの効用はこういうことか、と新婚の頃、駒子は思ったものだ。

「私は職場でも平社員だし、こんなことがあったからって、会社を辞めるわけにはいかないんです」

花田の手はテーブルの上に置かれている。控え目なベージュのネイルが塗られている細い、形のいい指は、微かに震えていた。

「私には母以外家族がいない。その母が、病気でずっと入院してるんです。母にはなるだけいい治療を受けさせたい。それにはお金が掛かる。……この会社はお給料だけはいいし、転職したからって同じくらいの給料がもらえるとは限らない。そもそも出版不況で、簡単に転職先がみつかるかどうか保証はない。……だから、どんなに嫌なことがあっても、この会社にしがみつくしかないんです」

それは駒子も知らなかった。いまどきの若者は、気に入らないことがあると簡単に転職する。花田がなぜ辞めないのか。被害者だからといって泣き寝入りしない、そういう決意の表れか、と思っていたのだが、そうではなかったのだ。

「あなたが会社を辞めるわけにはいかない、それはわかったわ。だけど、どうしてそれで岡村さんの方にいきたいと思ったの？　いまの部署では不満なの？」

「だって、水上さんは私のこと、評価してくださらないじゃないですか？」

「えっ、まさか、そんな風に思ってたの？」

駒子としたら、誰よりも花田を信頼しているつもりだった。その気持ちが通じていなかったのだろうか。

「それは、新しい部下の前であまり馴れ馴れしくしないように、差をつけないようにと思っていたけど、あなたのことは誰より信頼しているし、評価もしているつもりよ」

「そうでしょうか」

花田は上目遣いで、睨むように駒子を見た。

「水上さんはいつも公正。そうして、こっちがいくら尽くしても、特別扱いはしてくれない。結局、信頼していないんですよね、部下のことは」

「そんなことないわ。なぜそんなことを」

花田の言おうとすることがわからない。公正であることのどこがいけないのだろう。贔屓をする上司の方がよほどやりにくいのではないか。

そもそも、花田が自分についていきたいと言ったのは、私がフェアだから、ということではなかったか。

「水上さんは情がわからない。こっちがどれほどの思いで水上さんについていく覚悟を決めたのか。ほんとうは他部署にいく方が楽かもしれないのに、水上さんの許に留まることを決めた。なのに、水上さんは、それも当然だと思っている。それどころか、岡村さんのところを追い出された有賀さんをこっちに呼んで、編集長にするつもりなんでしょう？　そうしたら、ますます私の立場がないじゃないですか」

そこまで知っていたのか、と駒子は思う。極秘で進めていたはずなのに、情報が筒抜けだ。

「それは……確かに、有賀くんを『俳句の景色』の編集長にしたい、と思っているわ。こちらは早急に進めなきゃいけないことだし。だけど、あなたには『俳句』以外のことをやってほしいと思っているの。文字どおり新規の事業を起ち上げる要員として、あなたのことは期待しているのよ。あなたは必要な戦力なのよ」

駒子は切々と訴える。しかし、花田の顔は硬い。

「あなたのことは大事に思っているわ。きっと悪いようにはしない。だから、もう少し待ってくれないかしら」

「ほんとうに？　沢崎さんのことを知ったのに？」

「ええ、そうよ。それとうちの仕事は直接関係ないじゃない」

だが、花田は黙って首を横に振った。

自分が信頼されていないことを駒子は痛感する。

これまでうまくやってきた、と思っていたのは、私の独りよがりだったのか。

凍りついた表情の花田を見ながら、どうしたらいいのか、と駒子は途方に暮れていた。

16

「ただいま」

駒子はそう言いながらパンプスを脱いだ。今日はもうくたくただ。岡村と花田とのダブルヘッダーで疲労困憊《こんぱい》だ。岡村との食事はほとんど喉を通らなかったから、お腹もすいている。達彦は食事をちゃんと作ってくれただろうか。

しかし、キッチンからおいしそうな匂いは漂ってこない。その代わり聞こえてくるのは、澪と達彦が何か言い争っているような声だ。

「何かあったの？」

ドアを開けて駒子が尋ねる。

その声にふたりが同時に振り向く。

ふたりの深刻そうな表情に、これは一大事だな、と駒子は悟った。

「学校から連絡があったんだ。澪が二学期になってから一度も登校していないって」

駒子はびっくりして澪の方を向く。九月になってもう十日も過ぎている。

「ほんとうなの？」

「ほんとうだよ」

ぶっきらぼうに澪は答える。その表情は見たことがないほど暗い。澪は駒子と目を合わさない。やましいことがある時の、子どもの頃からの癖だ。

「どうして学校行かないの？　本気で辞めるつもり？」

「うん」

「どうして？　学校で嫌なことでもあったの？　いじめにあったりしてるの？」

「そんなんじゃない」

「じゃあ、どうして？　学校を辞めて、何かやりたいことでもあるの？」

澪の感情を荒立てないように、できるだけ優しい口調で駒子は語りかけた。

「別にない」

「前にも言ったけど、だったらむしろ高校を辞めない方がいい。あなたが何かやりたい、というものをみつけた時、それは大学卒の資格が必要かもしれない。上の学校に進むということは、あなたの可能性を広げることになるのよ」

「そんな先のことなんて、わからない」

「それはそうかもしれない。先が見えないからいまがつらい。それはわかる。だけど、一時的な感情に流されて大事なことを決断すると、きっと後悔する。だから」

澪は開いた右手を駒子の前にまっすぐ突き出した。

「もう、やめて。ママの言いそうなことはわかってる」

「だけど……」

「ママは正論ばっかり。正論だから正しい。だけど、それだけじゃやっていけない。みんなそんなに強い人間ばかりじゃないし、正しく生きられるばかりじゃない」

それだけ言うと、澪は逃げるように部屋を飛び出し、二階へと上がって行った。

正論ばかり、という言葉はずしん、と駒子の胸に響いた。

私はそんなふうに澪に正論を押し付けてきただろうか。ただ、励ましてきたつもりだったけど、澪はそれが苦痛だったというのだろうか。

「しばらくはそっとしておこう。今は感情的になっているから、何を言っても無駄みたいだ」

「それはそうだけど……。学校の先生はなんと言ってるの？」

「明日にでも家庭訪問してくれるって。夏休みをきっかけに不登校になるお子さんもいるから、早いうちに学校に復帰した方がいいって言うんだけどね」

「どうして不登校になったの？　何か嫌なことでもあったのかな？」

「先生が言うには、澪はクラスで孤立しているんだそうだ」

「孤立って……いじめられてるってこと？」

「いや、そういう訳ではないみたいだけど、ほかのクラスメートと口をきかない、関わりを持たないんだそうだ」

「それって、ハブられてるってことじゃない」

クラス全員でひとりの子どもを無視する。存在がないことのように振る舞う。そういういじめもあるんだ、というのは駒子でも知っていた。

「そういうのとも違う。……わざとみんながやってるっていう訳でもなく、自然とそうなっちゃった、というか、グループに入れなかったみたい。それでも、毅然《きぜん》としているし、ひとりでいるのが好きな子だ、と思われていたらしいけど」

「それっておかしいよ。中学まではふつうに友だちづきあいしていたのに。好き好んで孤立するような子じゃない」

小学校入学当初は、なかなかクラスに馴染めなくて苦労した。それが原因で達彦は仕事を辞めたのだ。だけど、その後はすぐに落ち着きを取り戻し、二ヵ月も経たないうちに、ふつうに友だちと交流できるようになった。以来、友だち関係で悩まされたことはない。

「だけど……現実そうだから、仕方ない。澪に聞いてみたら、最初になんとなくクラスの中にポジションを作れなくて、そのままきちゃった、ってことだそうだ」

「それで、誰とも口をきかずにいるってこと？」

「そう。……部活も辞めてしまったから、学校に行っても誰ともしゃべらないし、居場所もないんだ、って言っていた」

学校の教室の中で、ぽつんと一人でいる澪の姿が頭に浮かんだ。

一日誰とも口をきかず、自分の気配を殺すようにして教室にいる澪。想像しただけで胸が痛い。涙が出そうになる。

「なぜ……いままで黙っていたのかしら」

そんなこともわからないのか、と言いたげに達彦は眉を少し上げた。

「親に心配掛けたくないってこともあるし、何よりプライドがあるからさ。自分がそんなみじめな状態だってこと、親には話したくなかったんだろう」

「部活はどうして辞めたの？」

「担任の先生がサッカー部の顧問の先生に確認したところ、やっぱり女子三人だけっていうのはいろいろと難しかったみたい。体力的にもついていくのは大変だし、それに、練習以外でも男子と齟齬《そご》があったみたいだ。サッカー部員は部室にロッカーがあるんだけど、女子は使わせてもらえないとか」

「どうして？」

「部室で着替えることはないから、必要ないだろうって」

「部室で着替えることはないって、どういうこと？」

「男子と一緒に着替えるわけにはいかないから、女子は更衣室で着替えていたそうなんだ」

「ああ、そういうことね。でも、ロッカーがないのはちょっと違うんじゃない？　女子だって荷物の置き場は必要だし、部室で着替えたい時もあるだろうし」

「顧問の先生に言わせれば、男子部員でも一人一つロッカーがあるわけじゃない。数が足りないから、一年は二人で一つ使用しているそうだし。もともとそれまで女子部員がいなかったから、あまり歓迎されていなかったんだ。女子で入りたいなら、マネージャーと兼任したら、と提案したらしい」

「そうだったんだ。でも、それは違うよね」

澪は自分がプレイヤーでいたいのだ。後方支援するマネージャーではない。

「うん、結局マネージャー希望の女子生徒が後から入部したんで、兼任の必要はなくなったらしい。それでも体力的にきついし、部にもなじめない。とうとう六月の初め頃、三人一緒に退部届を出したそうだ。

「そうだったんだ。……まあ、最初から難しいとは思っていたけど」

同じ都立高校でも、もう少し偏差値の低い高校を選べば女子サッカー部のある学校も近くにあった。だけど、自転車で通えるいまの高校より遠いし、女子サッカー部のレベルもあまり高くない。練習も週三回程度のお気楽なクラブだ。それで、偏差値を落としてまでそこに通う必要はない、と澪は言ったのだ。

「こっちの高校はサッカー部のレベルも高いし、男子と一緒に練習するだけでこちらも刺激になる。それに、私たちが入部すれば、サッカーをやりたい女子が集まるかもしれない。勉強も部活も頑張るよ」

そう言って目を輝かせていた澪。

「そう、その意気よ。澪たちは都の大会で優勝したんだもの、女子でも技術はある。頑張れば、きっとみんなに認めてもらえるよ」

駒子はそう言って激励《げきれい》したのだった。あの時の澪の希望に満ちた態度を思い出すと、胸が痛い。

「それで……先生は？」

「部活のことは仕方ないけど、クラスではなじめるように先生も協力したいっていいうんだけど、本人は嫌がってるしね。教師が介入してどうなることでもないって」

それはそうかもしれない。素直な年頃の小学生ならいざ知らず、高校生にもなって、教師に言われたから誰かと仲良くする、というのは考えにくい。それに、そんなふうに介入されることは、本人には屈辱だろう。

「どうしたらいいのかしら」

「ともかく、今は無理強いしない方がいい、って先生も言っていた。本人が行く気になるまで待つしかないって」

「だけど、休めば休むほど学校に戻りにくくなるだろうから、早いうちになんとかしたいね」

「しばらくは様子をみよう。我々が感情的になって、あれこれ言わない方がいいと思うし」

「そうするしかないのかな」

「だけど、困ったな。仙台のガイドブックを作ったところから、また仕事の依頼がきたんだ。今度は大阪だって」

「それって、いつから？」

「来週の水曜日。今度は十日間の予定」

それを聞いて、駒子の口から思わず悲鳴のような声が漏れた。

「お願いだから今はやめて。澪が大事な時じゃない。それなのに、あなたが十日も家を空けるなんてこの家が回らなくなる」

するど、達彦の顔がみるみる強張った。

「そういう言い方はおかしいだろ。きみだって家事はやれるんだし」

「だけど、もし留守の間に何かあったら、心配じゃない」

「何かあるって？」

「それは……」

「こういうことがあったからって、騒ぎ立てるのは澪にとっては重荷だよ。きみも俺もふつうにしていた方がいいんだよ」

「だったら、あなたが家にいる方が自然じゃない。いままでずっと家にいて、家事をしてきたんだし」

「駒子さんは、そんなに俺を家に縛り付けておきたいわけ？」

達彦の声が冷たい。そんな声はいままで聞いたことがなかった。

「そういうわけじゃないわ。ただ澪はそれに慣れているって思っただけ。あなたがいないと、食事だってろくなもの食べないと思うし」

「澪だって、自分が食べたいものは作れる年齢だ。それに、俺がいなくても駒子さんがいるじゃないか」

「それはそうだけど、私は仕事しているから、三食作ってやるのは無理だし、凝《こ》ったものは作ってやれないし」

「俺だって、仕事をやってるんだよ」

「それはそうだけど……」

「駒子さんの仕事が立派なもので、俺の方が片手間でできるものだと思っているの？　そもそも、俺が仕事を再開しても、駒子さんはいままでどおりじゃない。俺が忙しいから少しは手伝おうとか、そういう発想はないわけ？」

痛いところを突かれた。達彦が仕事をするのはかまわないが、家事はいままでどおり一生懸命やってほしい、そう願っているのだ。

「そもそも駒子さんも澪も、俺を頼り過ぎ。トイレットペーパーが切れていても補充することもしないし、ゴミがゴミ箱から溢れていても、片付けようともしない。俺が仕事を再開させた方がいいな、と思った理由のひとつは、このままじゃ、生活無能力者をふたり作ってしまうと思ったからだよ」

しまった、と思った。議論がどんどん変な方向へ向かっている、と駒子は思った。だが、いったんズレた歯車は戻らない。

「そんな……。私だって、一生懸命なのよ。会社でたいへんな時期だってことはあなたも知ってるでしょう？　あなたのように仕事を選べる状態じゃないし、会社で生き残るために必死なのよ。この家のローンだって生活費だって払わなきゃいけないから、会社辞めるわけにはいかないし」

それを聞くと達彦は突然、席を立った。顔色が白くなっている。そして、そのまま何も言わずに二階に上がってしまった。

しまった、ほんとに怒らせてしまった。

達彦がこんなふうな態度を取るのは、見たことがない。言うべきじゃなかった。自分の言いぐさは、仕事に理解のないオヤジの言い方そのものだ。自分が稼いで家族を食わせてやっている、と言わんばかりじゃないか。

なんであんなことを言ってしまったのだろう。

駒子は頭をかきむしりたいほど、後悔の念に襲われていた。

自分はそういうオヤジを嫌って、保守的な考え方から自由な達彦と結婚した。それなのに、自分自身が達彦に甘え、そういう男と同格に成り下がってしまっている。

口では達彦の仕事を応援している、と言いながら、何も協力しようとしない。それどころか迷惑だと思っている。それも全部達彦には見透かされていた。

どうしたらいいだろう。言いすぎた、と自分から謝るべきだろうか。

うじうじ考えていると、達彦がリビングに戻って来た。顔色は相変わらず蒼白《そうはく》だ。

「大阪取材は断りのメールを出しておいた。これで駒子さん、満足なんでしょう」

そう言い捨てると、再び部屋を出て行った。

ひとりリビングに取り残された駒子は、呆然《ぼうぜん》とソファに座り込んだ。そして、クッションを抱えて頭をそれに押し付ける。

やってしまった。

少し前までは、自分の家庭に満足していた。うまくいってると誇らしかった。だけど、それは幻想だったのか。達彦の献身で支えられたものだったのか。状況が変わると、こんなにもろく崩れるものなのか。

駒子はふと肩にバッグを掛けたままだということに気がついた。通勤用の大きめのトートだ。それをテーブルの上に置きながら、駒子は自分に言い聞かせた。

考えろ、駒子。

このままだと、仕事も家庭もどちらもダメになってしまう。

落ち込んだり、反省するのはあとでいい。

どうしたら、花田を、達彦を、納得させられるか。どちらも待ったなしだ。

プライドや正論にこだわってる場合じゃない。どっちも失いたくない。

そのためには、どうしたらいいか、自分はどう動いたらいいか。

駒子はうつむいて腕組みをしながらじっと考えた。

そして、夜が更《ふ》けて庭の虫の声が大きくなる頃、駒子の頭にある考えが浮かんだ。

17

翌日、駒子は朝いちばんに岡村のところに行き、声を掛けた。

「ちょっと話したいことがあるのだけど、時間取れない？」

岡村はすぐに何のことか察したようだ。

「いいけど、午前中は打ち合わせが一件ある。午後イチじゃだめ？」

「それでいいわ。よろしくお願いします」

駒子は自分の席に戻ると、花田に声を掛けた。昨日のことは何事もなかったかのように、平静な顔をしている。だが、花田は駒子と目を合わせようとしなかった。

「花田さん、一時から会議室、押さえてくれない？　小さいところでいいから」

「わかりました」

花田はすぐに社内ＬＡＮを開いて、会議室の状況をチェックした。

「Ｃ会議室が空いてます。二時間取っておけばいいですか？」

「そうね。二時間あれば十分。……それから、あなたもその打ち合わせに参加してほしいのだけど」

えっ、と驚いたように花田は駒子を見た。

「いろいろと今後の話がしたいと思うの。岡村さんもいっしょだから」

駒子の言葉に、ますます驚いたようだったが、

「……わかりました」

しぶしぶ、というように花田は答える。あきらかに警戒した表情だ。駒子は安心させるように微笑みかけたが、花田の顔は強張ったままだった。

約束の時間になった。駒子と花田が先に会議室に入って座っていると、岡村が何も持たずに入って来た。駒子だけでなく花田もいることに驚いたのか、一瞬眉を顰《ひそ》めたが、何食わぬ顔で席に着いた。

「昨日の話よね。結論は出たようね。どうするつもり？」

「有賀くんの件は、ありがたくお受けします。そちらでは働きどころがないみたいだけど、うちでなら頑張れると思うから」

それは予想どおりだったのだろう。岡村はにやっと笑った。

「そうよね。お互いの利害が一致するわね。それで、花田のことは？」

「花田さんは、困ります。うちには有用な人材だから」

岡村の眉がぴくりと動いた。花田の方も驚いたのか、口をぽかんと開けている。

「ほんとに？　あなたを裏切って、私にあなたの行動を逐一《ちくいち》報告してくれるような子なのよ」

岡村の嫌みな言い方に、花田は視線を落とした。

「そういうことは、今後はやめてほしい。というか、絶対やらないで」

駒子は花田の方をまっすぐに見た。目を伏せている花田に、駒子は畳み掛ける。

「だって、これからあなたにはうちの部署の課長になってもらおう、と思うから」

「えっ」

花田が驚いて駒子の顔を見る。声は立てなかったが、岡村も驚いて目を見張っている。

「水上さん、それは……本気なんですか？」

花田の声は少し震えている。

「もちろん、本気よ。あなたのほかに、誰がいるの？」

実質的には、有賀を編集長にするのであれば、課長と同じ待遇になる。この会社では編集長と課長は同格である。

「でも、それは……」

「有賀くんには『俳句の景色』とその関連の書籍をやってもらいます。だけど、それ以外のうちのプロジェクトについては、あなたが中心になってほしい」

「本気ですか？」

「もちろんよ。昨日あなたに言われて考えたの。私があなたを信頼していることをどうやったらわかってもらえるかな、って」

「その答えがつまり……」

「そう。これからもいっしょにやっていこうという、私からの提案」

花田は大きく息を吸い込んだ。信じられないというように、首を左右に振る。

「私がこんなことで嘘を言わないことは、あなたも知ってるでしょう。これまで私のやり方を傍《そば》で見ていたんだから」

花田は顔を赤らめて、はい、というようにうなずいた。嬉しいのだか、哀しいのだか、花田の目は潤んでいる。

岡村は眉をいっぱいに上げ、しばらくじっと駒子の顔を見ていたが、声を立てて笑い出した。

「あなた、ほんとお人よしよね。裏切り者の部下を、取り立てようとするなんて」

「そこは、権藤さんのやり方を見習おうと思う」

「権藤さんのやり方？」

岡村は笑うのをやめて、真顔になった。

「権藤さんは、自分を売ったとわかっている沢崎さんを自分の部署に置いている。沢崎さんが使える人材だからよね。使える人材は自分のところに置いて、使えるだけ使う、それは正しいと思う。花田さんは得難い部下です。今のうちの状況では、彼女ほどの人材はなかなか得られない。だから、働いてもらうんです」

正攻法ばかりでは乗り切れないことがある。人の気持ちは計算どおりには動かない。今回のことで学んだのは、そういうことだ。

正攻法でいけば、裏切った花田を切り捨てるのが正解だろう。だけど、それでは何も進まない。それどころか、部署としては有能なスタッフを減らし、これから起ち上がる予定だったプロジェクトを白紙に戻すことになる。

だったら、正攻法じゃないことを考えよう。それが、駒子の結論だった。

「そう。……煙草吸ってもいいかしら」

駒子の返事を聞かずに岡村は立ち上がり、会議室の隅に置かれている灰皿を持って来た。そして、スーツのポケットから煙草を出し、ライターで火をつけた。

駒子はじっと岡村の返事を待っている。言うだけのことは言ったのだ。

「あなたも少しはしたたかになったわね。……いいわ、あなたがそこまで言うんなら、花田はそっちでなんとかすれば。正直、新企画のことがなければ、花田のことは私も考えなかったから」

「新企画？」

「レインボーホールを使ったビジネスのことよ。花田がうちに来れば、それをうちでやってもらおうと思っていたのだけどね」

花田は言葉もなく、うつむいている。

なるほど、花田はそれを手土産に、岡村のところに行こうとしていたのだ、と駒子は気づく。

「それは……うちでやるわ。ねえ、花田さん」

駒子の言葉に、花田は肩を竦《すく》めたまま、はい、と囁《ささや》くような声で言う。

「ま、それならそれでいいわ。もともとあなたの部下なんだし、好きにすれば」

岡村があっさり言う。

「え、いいの？」

駒子は驚いて岡村の顔を見た。

「何？　私があなたの仕事を無理に取り上げて、自分の手柄にするとでも思ったの？」

「いえ、そういう訳じゃ……」

正直、それも疑っていた。岡村ならそれくらいのことはやりかねない。

「私は私のやり方でちゃんと成果を上げる。別にあなたの仕事を盗む必要はない。あなたは、あなたのやり方を貫くといいわ。その子を異動させなくてよかった、と思えるように、せいぜい働かせることね」

カッコいい、と駒子は思った。岡村はあまり好きなタイプではないが、自分の仕事に自信を持っているし、それだけの成果を上げている。だからこそ言えるセリフだ。私には残念ながらそこまでの自信はない。

「話はそれだけかしら」

「え、ええ」

「じゃあ、もう席に戻らせてもらうわ」

岡村はほとんど吸っていない煙草を、灰皿に押し付けた。そして、そのまま外に出て行った。駒子と花田が部屋に残された。

「あの……すみませんでした」

花田は蚊の鳴くような声で言う。昨日のことを言っているのだろうか。それとも、岡村といろいろ通じていたことを言ってるのだろうか。

「いいのよ。昨日言われたことで、私もいろいろ考えたから。そして、これが私の答え。あなたとこれからもいっしょにやっていきたい。だから、あなたも覚悟を決めてほしいの。私の下で働くということを」

駒子の言葉に花田は何度もうなずいた。泣きそうな顔をしていたが、それでも花田の顔はきれいだ、と駒子は思っていた。

その日帰宅した駒子はすぐにキッチンに行き、達彦に謝った。

「昨日はごめんなさい。私が全面的に悪かった」

そして、最敬礼するように深く頭を下げた。花田の件がうまく解決した勢いで、達彦とのトラブルも解決しておきたかったのだ。

「いや、その、いいよ、駒子さんがわかってくれたなら」

人のいい達彦は、駒子の真摯《しんし》な態度にまごついている。

「いや、よくない。私も考え方を変えなきゃいけない、と思った」

「どういうこと？」

「いままで達彦が私を応援してくれたように、私も達彦を応援する。だから、大阪取材の仕事、やっぱり受けるといいと思う」

「ほんとに？　ああは言ったけど、俺だって今の澪を十日もひとりにするのはまずい、と思ってたんだ。だから、駒子さんに言われるまでもなく、仕事を断るつもりだった」

やっぱりそうだったのか、と駒子は思う。昨日の達彦は達彦らしくなかった。達彦にしても、澪のことがショックで動揺していたんだろう。

「だけど、今回断ったら、次の仕事が来るかどうかもわからないでしょ？　再開したばかりの今は、仕事を断らない方がいいと思う」

「それはそうだけど、澪のことは気になるし、駒子さんだっていろいろ大変だし」

「私も一晩考えて、澪のためにあなたが仕事をあきらめることはない、と思ったの。澪もそれは望まないだろうし。……澪が学校に行かなくても、私たちは普段通りにしていた方があの子のためになると思う」

「そう言ってくれるのは嬉しいけど……」

「あなたが仕事で不在の時もある。これからはそれがうちの在り方。それは私だけじゃなく、澪も覚悟しなきゃいけないこと。だからね」

「だから？」

駒子の言おうとすることがわからなくて、達彦は首を傾げた。

18

「行ってらっしゃい」

早朝に出発する達彦を、駒子は笑顔で送り出す。達彦は大きなトランクにカメラを入れた大きなリュックも背負っている。着替えなどは先にホテルに送っているが、それでも十日間の取材となると持っていくものは多い。

「じゃあ、行くけど、何かあったらいつでも連絡してよ」

玄関のノブを握ってドアを半分開けたまま、達彦は振り返る。

「わかってるって。だけど十日くらい、達彦がいなくてもなんとかするよ」

「庭の草木に水を忘れないで。しばらく晴天が続くらしいから、毎日やらないと水不足で枯れちゃうから」

「大丈夫。ちゃんとそれもメモに書いてくれたでしょ」

「そうだけど」

まだ達彦はぐずぐずと玄関から出て行こうとしない。

「だったら、心配しないで。一歩家を出たら、もう家のことは忘れる。うちのこと気にしてると、いい仕事できないよ」

駒子は達彦の背中をぽんぽん、と叩いた。

「さあ、行ってらっしゃい。いい仕事して来てね」

達彦はまだ「言い残したことがなかったっけ」とぶつぶつ言っている。

「思い出したら、ＬＩＮＥでも携帯でも連絡ちょうだい。別に大阪だからっていって、連絡取れないわけじゃないんだから」

駒子に言われて、達彦はようやく「じゃあ、行ってくる」と言って玄関を出た。

「お土産、551の肉まんを買って来てね」

後ろを振り向きながら歩く達彦に、駒子は手を振りながらそう言った。角を曲がってようやく達彦の姿が見えなくなると、駒子はリビングのテーブルに戻った。

そこには、留守の間にやるべき家事のリストが書かれていた。達彦が出張するための条件として、それを書いておくことを頼んだのだ。達彦は喜んでそれを引き受けた。夕べ渡されたリストは、レポート用紙十枚にもわたるものだった。

もっと簡単なものでよかったのに、と駒子は思う。箇条書きのリストのようなものを想定していたのだが、達彦のそれは家事のレクチャーだった。

朝やること

○庭木の水やり

この季節は毎日たっぷりあげてください。朝は遅くても九時前には終わらせるように。気温が上がってからあげると根を傷めます。

水をやりながら、葉の状態をよく観察してください。虫がついてないか、ついていたらすぐに取ってください。

また、野菜は食べごろになっていたら、どんどん収穫してください。特にキュウりはほうっておくとあっという間に大きくなるので気をつけて。

室内の観葉植物については、水やりは週に一、二回で大丈夫です。行く前に水やりをしておきますから、来週の水曜日頃、またあげてください。

○廊下と階段とリビングの掃除。

フローリングは埃が溜まりやすいので、毎朝さっとモップ掛けしてください。全部やっても十分も掛かりません。溜まった埃は角に集め、ハンドクリーナーで取ると楽です。

毎日それをやっておけば、わざわざ掃除機をかける必要はありません。さらに雑巾がけをすると完璧ですが、そこまではやらなくても大丈夫です。

○朝食作り

朝は卵にプラスしてハムかソーセージかスパムかベーコンを。卵も目玉焼き、卵焼き、スクランブルエッグ、茹で卵、オムレツと目先を変えると飽きません。

茹で卵は冷蔵庫から出したものを直接沸騰したお湯の中に入れると、崩れません。茹で時間は十一分くらいがいいです。それより短いと、身が殻に張り付いて剥きにくくなります。

ハムは商店街の山田精肉店のロースハムを使います。ベーコンも同じ店のハードスモークベーコンを。ベーコンはスーパーのものより塩分、脂分、しっかりありますから、スープの出汁としても使えます。

野菜は必ず摂ってください。レタス、キュウリ、トマトを切って並べるだけでもいいです。たまねぎと人参を薄切りにしてコンソメで茹でれば、駒子さんの好きな簡単スープができあがります。セロリを入れればなおいいです。


こんな調子で延々続いていく。最後には簡単に作れる料理のレシピまでついている。なるほど、文章に起こしてみると、達彦がどれほど日々の家事にこころを砕いていたかがよくわかる。

書かれてあることの、どこまで実行できるだろうか？　達彦としたら、私や澪のために簡略化して書いてはくれているんだろうけど。

でもまあ、やると約束したんだ。十日間、頑張ろう。

そして、駒子は二階に上がり、澪の部屋をノックした。

「澪、起きてる？　ちょっといい？」

中から返事はなかったが、駒子は「開けるよ」と言いながら、ドアを開けた。

遮光《しゃこう》カーテンが引かれているので、部屋の中は真っ暗だ。澪はまだベッドの中にいる。いつもならとっくに起きている時間だが、最近は昼頃まで眠っていることが多い。

不登校が発覚した途端、澪は部屋に引きこもった。食事と風呂には降りてくるが、あとは部屋にこもっている。たまにゲームをしている音が廊下まで響いていた。

「あのね、今日から十日間、パパが出張に出掛けた」

布団をかぶっているので顔は見えないが、身じろぎしたのがわかった。

「なので、お休みのところ悪いけど、これからしばらくは自分たちでご飯を作んなきゃいけない。パパが簡単なメモを残してくれたから、その中から適当に選んで、昼の間に買い物しておいて。帰ったら一緒に夕食作ろう」

もごもごと布団の中から声がする。

「何か言った？」

「朝と昼は？」

「朝ご飯はテーブルに置いてある。お昼は適当に自分で用意して。冷凍庫に、パパの作り置きの食材があるから、それを解凍してもいいし」

返事はない。布団のふくらみに向かって、駒子は声を掛ける。

「学校辞めるにしろ続けるにしろ、家にいるんなら家事を手伝って。パパもママも忙しいし、澪も家族の一員なんだから協力してちょうだい。よろしくね」

それだけ言うと、駒子は階下に降りて行った。

ちゃんとやってくれるかどうかはわからない。だけど、一日部屋にこもって考え事をしているより、何かした方がいい。

達彦に大阪出張を勧めたのは、達彦の機嫌をとるためだけでなく、この際、家事という名目で澪を動かしたかったからだ。そのためには、達彦の不在は十分な理由になる。生きるためには食べなきゃいけない。食べるためには食材を調達したり、調理したりしなければならないのだ。そして、それを全部私に押し付けて平然としていられるほど、澪は身勝手な子ではない。そう駒子は信じている。

だけど、澪にやれと言った以上、自分もやることはやらなきゃいけないな。めんどくさいけど、私が怠《なま》けるわけにはいかないし。

まずは、フローリングの掃除から行くか。

駒子は階段脇の物入れからモップを取り出した。そして、二階に上がると、廊下の端からモップを掛け始めた。

その日は仕事を早めに切り上げたので、駒子は六時過ぎに家に着いた。

「ただいま」

玄関を開けても、家は暗い。まるで知らない家のようによそよそしい。リビングに入って、電気を点ける。テーブルの上が目に入る。食器はなく、洗った皿が水切りにあるのを見て、駒子はほっとした。

朝出掛ける時には、テーブルに澪の朝食の用意が載っていた。それをちゃんと食べて、使った皿も洗ったようだ。部屋を見回すと、ソファの上は乾いた洗濯物が山になっている。

畳んではいないけど、干したものを取り入れてくれたのね。よし、よし。

日が落ちる前に洗濯物を取り入れるということは、達彦の書き残した家事のメモに載っていた。駒子はわざとテーブルの上にメモを置いておいたのだが、澪はそれを読んだのだろう。

こうして家事をやってくれるのであれば、まだ見込みはある。本当に無気力になってしまったわけではない。

「澪、帰ったよ」

階段の下から澪に向かって呼びかける。

「洗濯物、取り込んでくれてありがとう。これから夕飯作るんだけど、一緒にやらない？」

返事はなかった。

まあ、仕方ない。そこまで要求するのはさすがに難しいか。

それ以上は深追いせず、キッチンに戻って冷蔵庫を開ける。チルド室にしゃぶしゃぶ用の肉があった。朝にはなかったので、これは澪が買いに行ってくれたのだろう。それだけでもよし、としよう。

「えっと、しゃぶしゃぶ用の肉を使ったレシピって何があったっけ」

達彦のメモを見る。メモの最後のレシピにはしゃぶしゃぶ用の肉を使ったレシピはふたつ書かれていた。

「冷しゃぶか、ケチャップ漬けか。澪が好きなのは、ケチャップ漬けの方かな」

これは薄切りの豚肉とスライスした玉ねぎを、ケチャップとソースとサラダ油を混ぜたソースに漬け込むものである。これくらいなら、駒子にも簡単にできそうだ。

「えっと、これは玉ねぎのスライスをできるだけ薄く切るのがコツ、か」

駒子は玉ねぎを切り始めた。包丁を握るのは久しぶりだが、達彦が研《と》いでいるので、切れ味はとてもいい。玉ねぎをまな板の上に置いて薄切りにしようとしたその時、突然後ろから、

「何作ってるの？」

と、澪に声を掛けられた。びっくりして手が滑った。包丁の刃が左手の人差し指

を抉《えぐ》った。

「痛っ」

思ったより深く切ったようで、みるみる血があふれてくる。

「何やってんの」

澪はティッシュの箱を持って駒子の傍に来ると、ティッシュを差し出した。

「これでしばらく押さえておいて」

それから、リビングの棚から救急箱を取り出して持ってくる。

「ほんと、ママはドジなんだから」

そうして手早く駒子の傷口を消毒をし、薬を塗った。それから大きめの絆創膏《ばんそうこう》で傷口を覆う。

「まだ血が完全に止まってはいないから、あとで絆創膏替えなきゃいけないけど、しばらくはこれで大丈夫」

「ありがとう。でも、これで玉ねぎ切れるかな」

駒子はまな板のところに戻り、怪我した人差し指以外の指で玉ねぎを押さえた。

「なんとかなるかな」

すると澪が「貸して」と駒子の手から包丁を奪い取った。

「ママは不器用なんだから、包丁は触らない方がいい」

そうして玉ねぎをスライスし始めた。あまり包丁を握ったことはないはずだが、結構いい手つきでサクサクと切っている。澪は父親譲りで手先は器用だ。

「いい手つきね。助かるわ」

「これくらいなら、家庭科でやったことあるし」

ぶっきらぼうな調子で澪が答える。照れているのがわかる。

「だったら、私は肉を茹でるわ」

駒子は豚肉のパックを開けた。澪は無言で作業を続けていた。


それから毎日、ふたりで夕食作りをすることになった。駒子が怪我をしたことで、澪には駒子を庇護《ひご》するような気持ちが起こったらしい。切ったり刻んだりという作業は全部自分でやると言う。「火を使う作業も、私がやるから」。それで、駒子の方は調味料を量ったり、皿やコップを並べたりした。それでも時間が余ると、洗濯ものを畳んだり、アイロン掛けをしたりした。

そうして母と娘の日々が始まった。朝出掛ける前に、駒子が洗濯機を回し、簡単な掃除をし、庭の植物に水をやる。ゴミ収集の日はゴミを集めて出す。朝食の準備をする。

澪は、駒子が朝家を出るまでは降りてこないが、洗濯ものを干すことと取り入れること、それに買い物は澪の分担だ。夕方お米を洗って炊飯器にセットするのも、澪がやっている。

達彦のようにパンを焼いたり、隅々まで雑巾がけをするような丁寧な家事はできないが、それでもうまく回っている。部屋はまあまあきれいな状態を保っているし、燃えるゴミや燃えないゴミの日にもちゃんと出すことができた。前に達彦が仙台出張で留守にしていた時に比べると、数段うまくやれている。

何より親子で食事作りができることが、駒子には新鮮だ。いままで家事は達彦任せにしていたので、娘と何かすること自体、珍しいことだったのだ。そして、共同作業をしていれば、嫌でも会話はしなければならない。

最初は「そこの塩とって」とか「お湯沸かすから、フライパンよけてもいいかな」といった作業についての会話だったが、だんだん澪も軟化し、他愛《たわい》もない話をするようになった。

「そういえば昔、澪はナスが嫌いだったね。絶対食べないって言ってたのに、いつから食べられるようになったんだっけ?」

「小学校三年だったかな? パパが担々麺を作ったんだ。いつもの味とちょっと違ったけど『おいしい』って言ったら、その肉味噌にナスが入っているってパパが言ったんだ。『だから、ほんとは澪はナスも食べられるんだよ。まずいと決めてかかっているから、食べようと思わないだけ』って。だまされた、と思ったけど、それからナスを食べるようになった」

「ああ、そうか、そうだったわね」

「それと、コーチにも言われたんだ。食べ物の好き嫌いがある子は大きくなれないって」

「ふーん、そんなこともあったんだ」

高校の話や友だちの話、サッカーの話は、駒子は自分からは語らないようにしていた。今の澪はそういう話をしたがらないだろうし、したくなったら自分からするだろう。

あいかわらず澪は学校へは行かないし、部屋にこもってゲームばかりやっているが、前より澪との距離は縮まった。それだけでも、駒子はこの時間に感謝したいような気持ちになっていた。

19

花田は課長にはなれなかった。人事課が難色を示したのだ。係長を飛ばして課長というのは前例がない、というのがその理由だ。だが、来春の人事で係長に昇進させる、ということで決着した。今回も、人事課長だけでなくその上の総務部長の関根まで出てきて、駒子を非常識だと非難した。非難されるのにはもう慣れているので、申し訳ありません、と形ばかり頭を下げた。謝るのも上司の仕事だ。

「ごめんね。力足らずで」

むしろ、ちゃんと謝るのは花田本人に対してだ。

「いえ、係長になれるだけで十分です。こういう状況の私が昇進できると思いませんでしたから。水上さんでなければ、こんなことありえないと思います。ありがとうございます」

花田の言葉は素直だった。自分自身の立場を花田はよくわかっている。それに、自分の誠意も通じたのだ、と駒子は思った。

それからの花田は、迷いがなくなったせいか溌剌《はつらつ》と仕事に専念するようになった。女性実業家を起用した講演会について何人か候補を出し、着々と実現に向けて話を進めている。当初は月に一回の予定だったが、月二回でも実現できそうだ。

「いずれはレインボーホールで毎週何かしらイベントをやるようにしたいと思っています。あの場所を、働く女性のサロンのような感じにしたいんです。有料の会員制にして、定期的に交流会を開いてもいいかもしれません」

「ああ、それはいいわね。異業種の女性たちが集まって交流するってなかなかないし、レインボーホールはちょっとしたホテルのパーティルームみたいだから、シェフを呼んで立食パーティにしてもよさそうね。でも、そこまでするためには、宣伝をどうするか、ね。うちでそういうことをやってます、って会社のＨＰで告知しただけでは、なかなか人が集まらないだろうし」

「それにもアイデアがあるんです。というか、イベントよりもこっちの方が、実はうちの課にとってメリットがあると思うんですけど」

「へえ、どんな？」

「あの、ほんとは企画書を作ってからご説明しようと思ってたんですけど」

「いいわ、口頭で説明して」

「イベントを本格的に始める前に、管理職の女性のためのＨＰを作ったらどうか、と思うんです」

「管理職の女性のためのＨＰ？」

「まずＨＰという母体があって、そこが主催の講演会という方がわかりやすいし、説得力もあると思うんです。それに、ＨＰそのものから収益を上げることもできますから。講演者に依頼するにしても、いきなり講演をお願いするのでなく、ＨＰのための取材から始めた方が、何かとメリットがありますし」

「でも、管理職の女性と限定したのはなぜ？」

「管理職といっても、会社経営者とか役員みたいな人ではなく、むしろ課長とか係長とかをメインのターゲットとしたものです。会員制のサロンのようなものに興味を持つのは、それなりに肩書のある女性じゃないかと思いますし、そうした女性が増えているにもかかわらず、彼女たちをターゲットとしたコンテンツはすごく少ないですから」

おそらく自分が係長になるということから、花田は思いついたのだろう。かなり限定されたターゲットだが、それもいいのかもしれない。むしろコアな層をつかんだほうが、コンテンツビジネスはうまくいく。

「だけど、会社にもＨＰがあるでしょう？　それとは差別化するの？」

「はい、うちの会社がやっていることは明言しますが、見掛け上は独立したＨＰとして作成します。言ってみればネット上に管理職の女性をターゲットにした雑誌を作るようなものです。管理職の女性が必要とする情報とか法律とかをテーマ仕立てで紹介する、というのを柱に、ロールモデルとなるような有名無名の女性の紹介や著名人のインタビュー、悩み事の相談、子育てや家事についてのノウハウ、会員同士の意見交換の場などを提供するんです」

「なるほどねえ。それは面白そうね」

「一部は有料コンテンツにして収益を上げることも考えていますが、いずれは広告収入だけで賄《まかな》えるようにしたいと思います。動画サイトと提携して講演の一部を流してもいいですし、HP上でのビジネスグッズやビジネスウエアの販売をやることもできるんじゃないかと思っています」

「確かに。やりようによっては収益も上げることができるし、いろいろと面白いことができそうね。だけど、あなたが考えるような形のものにするには、相当手間が掛かるわよ」

「いろいろ大変なことはわかっています。雑誌を作るのと同じような手間も経費も掛かるし、人も集めなきゃいけないし。だけど、働く女性向けのコンテンツはまだまだやりようがあると思います。それに、私自身、やってみたいんです」

「うん、いいかもね。新規の事業だから、うちのセクションでやる意味があることだし」

「はい。うちの会社はデジタル化も後れを取っていますし、HPも宣伝用のおざなりなものしかありません。だけど、雑誌で培《つちか》ったノウハウはHPにも生かせるし、ちゃんとやれば面白いものができると思うんです。HPは紙より自由度が高いから、いろんなものを詰め込めますし」

「だったらいっそ、小説の連載を載せるのもいいかもね。人気作家に、働く女性をテーマに書いてもらえば、後々単行本にして連結収支に加えることもできる」

「連結収支？」

「雑誌の場合、雑誌本体の売り上げだけじゃなく、広告費とそこから生まれる副産物も雑誌の収入として加算されるの。副産物、つまり連載から生まれた単行本とかムックは連結収支として加算されるわけ。文芸誌など、雑誌本体の売り上げは赤字でも、この連結収支が大きいから存在が許されているのよね。ＨＰだって、副産物が作れれば、連結収支として認められると思うわ」

「なるほど。働く女性向けという口実があれば、小説だって載せることができるんですね」

花田は嬉しそうに目を輝かせた。それを見て、駒子の胸が痛んだ。

そうか、やはりこの子は小説編集を続けたかったのだ。あんなことがある前は、小説編集者としての評価は高かったのだし。

「わかった。うちの企画として成立させましょう。まず、企画書を書いて。それから、いろいろ外部スタッフを使うにしても、うちのスタッフも増やさなきゃいけないね。あなたにも部下が必要だし」

「そうしていただけるとありがたいですが……」

「問題は、うちに来てくれる社員がいるかどうか、っていうことだけど」

すでに、宮園結理の挙げてくれた社員には全員当たってみた。しかし、異動したいという人間はひとりもいなかった。断る理由で皆挙げるのは「そちらの部署で自分が何をやればいいのかわからない」というものだ。今の部署に不満はあっても、先行きがわからない部署に異動することには躊躇《ちゅうちょ》するのだ。

「実は、ひとり声を掛けたいと思う人がいるんですが……」

「誰？　私の知ってる人？」

「ご存じかどうか……。雑誌事業部の吉田留美《よしだるみ》さんなんですが」

「吉田さん？　ああ、子育て雑誌でおもしろい別冊を作った方ね」

同じ部署になったことはないが、駒子も知っている名前だ。ということは、優秀なスタッフなのだろう。

「でも、雑誌事業部が手放してくれるかしら。本人も、異動を希望するかどうかわからないし……」

「たぶん大丈夫だと思います。彼女、私と同期なんですが、半年前に出産したんですよ。それで最近仕事に復帰したんですが、雑誌の部署だといろいろたいへんみたいで……」

雑誌の仕事は集団作業なので、個人で動ける書籍の仕事よりも時間のコントロールが難しい。打ち合わせも多いし、校了などは深夜まで掛かることもあるからだ。

「保育園のお迎えがあるから、今のところ五時に退社しているんです。家に持ち帰って仕事をしているそうなんですが、フレックスとはいえ、ほかの人と足並みが揃わないから本人も居づらいみたいで。雑誌は、校了の時にはスタッフ全員編集部に待機していないといけないし、パートナーと時間を調整し合って頑張っているんですけど、それもどこまでできるか、って本人も嘆いていました」

「なるほどね。だったら、部署異動もあり、ってことか」

本人以上に、まわりがそれを希望するだろう。優秀な人材であれば、声を掛けるチャンスかもしれない。

「彼女ができない分は私がフォローしますから、彼女をこちらに迎えてあげてください」

花田の熱意にほだされる形で、駒子は雑誌事業部の部長に掛け合うことになった。駒子が面談を申し入れた時は、何の用かと警戒していた部長だが、用件を聞くとたちまち相好《そうごう》を崩した。

「吉田を引き取ってくれるの？　そりゃありがたい。うちでもそろそろ異動させなきゃ、と思ってたところなんだよ」

これで厄介払いができる、と言わんばかりだ。

「うちは雑誌の仕事ほど時間管理が厳しくはないので、なんとかなると思います」

「いやもう、助かるよ。まわりからも苦情がきてるんだけど、今の時代、そういうことで扱いを変えるといろいろうるさいだろ？　困ってたんだよ」

駒子はそれを複雑な想いで聞いている。

自分が妊娠、出産した時も、まわりからは厳しい目で見られた。誰かがフォローしてくれるということは期待できなかった。ベビーシッターを雇ったり、ほんとうに忙しい時は田舎から母に来てもらったりもしたが、それにも限界がある。結局、澪が小学校に入ってまもなく、不登校になったことで達彦が仕事を辞めることになったが、それ以外のやり方はなかったのだろうか、と今でも思う時がある。

「大丈夫です。うちでは彼女の働きどころをちゃんと作りますから」

あんたのところとは違う、そういう嫌みを込めて言ったが、相手には通じない。

「いいね、ぜひ頑張って。ははは、ほんとよかった」

と、喜ぶばかりだ。まあ、それもいいかと駒子は思う。捨てる神あれば拾う神あり、だ。自分は拾う神になろう。

そうして、吉田留美の異動が決まった。さっそく吉田が挨拶に来た。

「これから、よろしくお願いします」

吉田は童顔で目尻が下がっており、明るい印象を与えるが、緊張のためか表情が硬い。

「こちらこそよろしくね。吉田さん、お子さんがまだ小さいのね」

「はい。でも、保育園に入れていますし、仕事にはなるべく支障をきたさないように頑張りますから」

責められてるわけでもないのに、自分から弁明する。ああ、たぶんこの人は職場でこんなふうにずっと気を張ってきたんだろう、と駒子は察する。

「大丈夫よ。うちは雑誌ほど時間の縛りがきつくはないし、子育てとの両立はたいへんだけど、無理をしないようにね」

「ありがとうございます」

駒子の言葉を社交辞令と取ったのか、吉田は硬い表情を崩さなかった。

20

その日は夕方打ち合わせで外出したので、そのまま帰宅することにした。会社にわざわざ戻っても急いでやる仕事はないし、達彦が出張から帰宅する日でもある。達彦が戻るまでに夕食の用意をしておこう、と澪と約束したのだ。

家に着いたのは五時。「ただいま」と玄関を開けた途端、誰かの背中が見えた。

「あ、すみません」

振り向いたのは、澪のサッカー仲間の鈴木芽衣《すずきめい》だった。同じ中学から同じ高校に進み、一緒にサッカー部に入った三人組のひとりだ。芽衣も、玄関の奥に立っている澪も、気まずそうな顔をしている。

「あら、お久しぶり。澪に会いに来てくれたの」

「はい。でも、もう帰るところです」

「そうなの。じゃあ、気をつけて」

「お邪魔しました」

「また、いつでも遊びに来てね」

と、駒子が言うと、芽衣は「はい」と大きくうなずいた。

駒子は手洗いとうがいをすませると、リビングのソファに茫然と座っている澪に声を掛けた。

「芽衣ちゃん、何か用があったの？」

「今週末、トッコの学校とカノンの学校の試合があるんで、見に行かないかって。タカとかノノとかみんな来るらしい」

トッコやカノンというのは、女子サッカーの強豪校へ推薦で進んだ子だ。ふたりともチームのエースだった。

「へえ、それじゃ、女子サッカー部の同窓会みたいね。それで、なんと答えたの？」

「行けたら行くって」

つまり、行かないということだ。

「どうして？　見に行けばいいじゃない」

「行けるわけないじゃない。サッカー部だって辞めちゃったし。みんなに合わす顔がない」

澪は目を伏せた。自分を責めるような、いろんなものをあきらめたようなその口ぶりが悲しい。駒子は思わず澪を抱きしめた。自分より背の高くなった娘を、力いっぱい抱きしめる。

「サッカー部、続けられなかったこと、残念だけど恥じることはない。むしろ、ふた月でも男子の中で頑張ったことを、誇っていいと思う。どこの世界でも、男ばかりの中に女が入っていくのは並大抵のことじゃない。それを嫌がる男からは嫌がらせをされたりするし。そういうことで、心折れることだってあるし」

「違うよ、ママ」

澪が強い調子で言う。そして、駒子の腕を振りほどき、抱擁から逃れる。

「男子はみんな親切だった。キャプテンも、サッカーが好きなら男子も女子も関係ないって言ってくれた。優しかった。だから、自分たちが足手まといになっているってことが申し訳なかったんだ」

「足手まといって？」

「基礎的なパスとかボールコントロールの練習ならいいんだ。むしろ中学時代、徹底的にしごかれたから、下手な男子より私たちの方が上手だった。だけど、いざグラウンドでドリブルとかパスの練習をすると、スピードについていけない。だから、私たちの番になると、先輩が手加減してくれる。ぶつからないようによけてくれる。ある時、私がターンの練習中に足がもつれて転んだんだ。そうしたら、一緒に練習していた先輩の方が怒られた。女子相手なんだから、もっと気をつけろって」

駒子はなんと声を掛けてやればいいかわからず、ただ黙っている。

「そうすると、やっぱり不満に思う男子もいる。ある時、部室の中でキャプテンとほかの部員たちが言い争うのを聞いてしまったんだ。キャプテンは女子に優しすぎる。そんな風に女子に合わせて練習してたら、自分たちのレベルが保てない。こんな状況で、インターハイを目指せるのかって」

澪の高校のサッカー部はレベルが高い。地区大会でもいつも上位の成績を挙げていた。だから、澪も行きたい、と言っていたのだが。

「キャプテンは一生懸命私たちのことを弁護してくれていた。女子でもあんなにやる気で頑張っている仲間なんだから、もうちょっと長い目で見てやってくれって。

だけど、私たちにはわかっちゃったんだ。いくら練習しても、男子のようなスピードもスタミナもない。体力的には絶対かなわない。これ以上続けていても、足手まといなんだって」

「それで……退部したの」

「うん。退部届を出した時、キャプテンは『残念だ』って言ってくれたけど、ほっとした顔をしていた。ほかの男子にも引き止められなかった。結局、部員としては歓迎されていなかった。対等だと思われてなかったんだ」

「澪……」

「だけど、同じ女子でも、後から入ったマネージャーの子はすごく歓迎されてるんだよ。女子は裏方なら喜ばれるけど、同じプレイヤーとしては認められない。なんか、すごくみじめな気がした」

「そんなことない。そりゃ、スポーツは体格差があるし、男子と同等にはいかないけれど、同じスポーツができないわけじゃない。それに」

「せめて、タカやユリナがいればな、って思う」

駒子の慰めを無視して、澪は話を続ける。タカとユリナというのは、中学時代のサッカー部仲間だった。

「五人もいれば、もうちょっと頑張れたと思うんだけど」

タカという子はキャプテンでリーダーシップが取れる子だったし、ユリナは明るいムードメーカーだった。彼女たちがいれば、励ましあって部活を続けようとしたかもしれない。あいにく澪たち三人は、三人ともそういう強い子について行くタイプだった。

「それはそうだけど」

「タカもユリナも、男子だったらうちの学校に入れたんだよ」

「どういうこと？」

「うちの高校、女子の方が偏差値が高いんだ。二人とも最初はうちの高校を目指していたんだけど、塾の先生にもう一ランク下げた方がいいって言われた」

都立高校は入試にあたっては男女別の募集を行っている。成績順に合格させると女子の方が多くなるから、というのがその理由だ。明確な男女差別だが、令和のいまもそれは続いている。

「高校に入ってから『そういうのって差別だよね』ってクラスの女子に言ったら、『でも、私たちは合格したからいいじゃない』って言われた。『男子が多い方が楽しいし』って。おとなが決めたことだから、文句言うのはおかしいんだって」

それを語る澪の目は、死んだ魚の目のようにどんよりしている。いろんなことをあきらめてしまった目だ。

駒子は思わず強い調子で反論する。

「そんなことない。おとなが決めたことだとしても、時代に合わなかったり、間違ってることもある。高校入試の制度は高校生の問題だもの、当事者には意見を言う権利がある。それに、自分のことだけ考えればいまのままでもいいかもしれないけど、女子が不利になるってことは、自分の友だちや妹、もしかしたら将来できる自分の娘たちも不利になることだもの。そういう差別は変えていかなきゃいけない」

そう言いながら、駒子は自分の言葉にハッとしていた。

立派なことを言いながら、自分だって会社ではいまのままでいい、と思っていたのだ。出世において差別があることを知っていたのに。それはつまり、自分のポジションさえ守れれば、ほかの女性社員のことはどうでもいい。澪のような自分に続く世代の女性たちのことなんてどうだっていい、と思うのに等しい。

「だけど『澪んちはおかあさんが働いて、おとうさんが家事をやってるんでしょ？進歩的っていうか、ちょっと考え方が違うんだね』ともクラスの子に言われたよ」

「澪はママが働いているのが嫌？　パパが家事をするのは嫌？」

「そうじゃないけど……」

働いているママはカッコいい。家事ができるパパもカッコいい。小学生の頃、そう作文に書いた澪だった。そのままの考えでいてほしい、と駒子は願う。

「パパやママが進歩的なら、いずれ社会にもそういう家庭が増えるはず。男だから女だからということで制限されることは、いまよりずっと減ると思うわ」

そう、それを信じて自分は生きていきたい。

「だけど、自分には何もできないもの。結局サッカー部は続けられなかったし、高校入試の制度を変えるなんて、なおさら無理」

「サッカー部の問題と、高校入試のことは全然別のことだね」

澪は黙っている。理屈ではそうだが、きっと澪の中では女性であることの不利が渦を巻いているのだろう。そして、何もできない無力感にさいなまれているのだ。

「いまは無理でも、おとなになったらできるかもしれない。おかしいことをおかしいと言い続けていたら、ちょっとずつ変わるかもしれない。自分のできる範囲で、できることをやっていけばいいんだよ」

駒子は澪に、というより自分自身に言い聞かせていた。そう、出世が嫌なんていつまでも子どもっぽいことを言っていても仕方ない。いま自分に与えられたこと、与えられた役割を精一杯頑張るだけだ。

しかし、澪は駒子の言葉が耳に入ってこないかのように、黙ったままでいた。

その晩、帰宅した達彦は、大げさなくらい駒子たちの家事を褒めた。そして、澪と駒子が作ったハンバーグを「こんなにおいしいハンバーグは初めてだよ」と嬉しそうに食べた。

「これ、パパのレシピどおりに作っただけだよ。だから、いつもと一緒だよ」

「そんなことはない。娘が作ってくれた初めての料理だもの。全然違うよ」

親バカ丸出しの発言だったが、澪は照れくさそうに笑っている。

そして、食後に達彦がたくさん買ってきた土産のひとつ、赤砂糖のかかったバウムクーヘンを食べると、澪は自分の部屋に戻っていった。コーヒーを飲みながら、達彦はしみじみ言う。

「やっぱり家がいちばんだね。十日も留守にすると、家の良さがわかるよ。それに、帰ってても家がちゃんとしていると、心底ほっとする」

「うん、自分でもそれは思った。家が片付いていると気持ちがすっきりするし、自分はちゃんと生活しているって思える。掃除とか身の回りのことを人まかせにしないって、大事なことだね」

「へえ、ほんとに？」

達彦はあまり信用していないような口ぶりだ。駒子は言葉を選びながら説明する。

「いままで達彦に頼っていた自分が言うのもなんだけど……自分の生活を自分でコ

ントロールしているっていうのは、なんかこう地に足がついているというか、自信に繋がる気がする」

それは達彦におもねったわけでなく、駒子が実感したことだった。達彦は我が意を得たり、というようにうん、うん、とうなずいた。

「素晴らしい。そう思えたら、俺が留守にしたのは正解だったね」

「うん、澪ともいろいろ話ができたし」

「ああ、そうだね。行く前と今日では、だいぶ感じが変わった。どうしていたの？」

それで駒子は留守の間の澪とのやり取りを達彦に話した。

「ただ、今日ね、芽衣ちゃんが訪ねて来たんだよ。それでね」

駒子は澪との会話を達彦に伝えた。達彦は駒子の話が終わるまで黙って聞いていた。そして、駒子の話が終わるとおもむろに言う。

「この十日間は駒子さんのおかげでいろいろと助かった。ほんと、ありがとう。澪の態度が変わった理由もわかった。駒子さんのやり方が大正解だったんだね。だけど、今度は俺の出番だ。オヤジ力を見せる時だ。俺だって、だてに十年専業主夫をやってたわけじゃない」

「どういうこと？」

「まあ、まかせてよ」

そうして達彦は自信ありげに微笑んだ。

21

その日は吉田留美の異動初日だった。みんなへの挨拶をすませて、吉田が引き継ぎやら机の整理やらをしていると、机の上のスマートフォンが鳴った。駒子はそれとなく吉田の様子を観察していた。

着信記録を見て、彼女の顔が曇る。そして、スマートフォンを持って廊下へと出て行った。五分ほどして、吉田が部屋に戻って来た。浮かない顔をしている。

そして、駒子の机のところに来て、遠慮がちに話し掛ける。

「あの、ちょっといいですか」

「もしかして、恐怖の電話？」

吉田から言われる前に、駒子は切り出した。そっちの方が、吉田が話しやすいだろうと思ったのだ。

「保育園から呼び出しの電話じゃないの？」

駒子にも経験がある。仕事中、保育園からの電話が掛かってくるのは子どもの急病の場合だと察しがつくから、とてもしんどい。

「はい。息子が熱を出して、すぐに迎えに来いと。あいにく夫は会議で動けないそうで……」

最後の方は消え入るような声だ。

「申し訳ありません」

「よかったじゃない、今日で」

駒子が言うと、吉田は驚いたように顔を上げた。

「だって、今日やるのは机の整理と引き継ぎぐらいでしょ。だったら、後回しにしても支障がないわね」

「それは……そうですが。初日からこんなことになってしまって」

「そんなふうに思わないことよ。私も経験あるけど、親が仕事でテンパっている時ほど、子どもは熱を出しやすいのよ。親の緊張が移るのかもしれないわね。あなたも、急な異動ということで相当プレッシャーを感じていたんじゃないの？」

駒子の言葉に、吉田は深く頷く。

「はい。正直に言えば、こちらがどういう部署かよくわからないし、子持ちの女が歓迎されるかどうかわからないし……」

「あら、私も子育てしながら仕事をしてきたのよ。ほかの上司より理解があるとは思わなかった？」

駒子の言葉に、吉田は首を横に振る。

「そうとは限りません。『私はもっとたいへんな状況を頑張ってきた』って語る先輩もいますから」

ああ、そういうこともあるか、と駒子は思う。自分が苦労してきたんだから、下の人間も努力するのが当たり前、という昭和的な考えから抜けられない人間もいるのだ。そう、木ノ内の場合もそうだった。

「私も、昔はよく思ったものよ。夕方から夜まで仕事を肩代わりしてくれる人がいたら、どんなにいいだろう、って」

「そうですね。編集って、夜に打ち合わせが入ったり、校正が夜便《よるびん》で出たりして、避けようがない残業ってありますから。……うちはまだゼロ歳児だから、保育園も五時までしか預かってくれないですし……」

言葉を選びながら、吉田は訥々《とつとつ》と話す。どうやって仕事と子育ての両立を図っているか、そんなことを上司に話すのは初めてなのだろう。

「じゃあ、夕方以降はどうやっているの？」

「ベビーシッターを頼んでいます」

「毎日？　それじゃ、料金も馬鹿にならないでしょう」

「ええ。でも、五時のお迎えに間に合うように四時に退社するなんて不可能ですし、お金で解決するしかないです」

吉田は疲れた顔をしている。子どもが生まれて半年だから、夜中に起きて授乳したりもしているのだろう。

「時短の制度を利用しようとは思わなかったの？」

法律では、三歳までの子どもを持つ親の時短勤務は認められている。うちの会社でも利用することはできるはずだ、と駒子は思う。

「ほかの人のことを考えると、とてもそんなことは……」

吉田の答えがすべてだ。制度としてあっても、利用することは難しい。なにより上司やまわりの人が理解してくれるとは限らない。だから、利用するとしても、復帰後三ヵ月とか半年がいいところだ。

「すみません、私、そろそろ……」

吉田が申し訳なさそうに言う。

「ごめんなさい、引き留めてしまって。明日はお休みになるかな」

「いえ、なんとか都合をつけます。病児保育をしている会社と契約していますし」

「いいのよ、無理はしないで。異動してきたばかりだからって、焦らなくても大丈夫よ。まだ先は長いんだし」

「ありがとうございます」

吉田はちょっと涙目になっている。駒子にはその気持ちがわかる。子育てで奮闘していた時は、他人のささやかな思いやりがとても嬉しかったのだ。

「さあ、もう早く保育園に行って。お子さんが待っているわよ」

駒子に促《うなが》されて、吉田は再び「ありがとうございます」と蚊の鳴くような声で言うと、席に戻り、荷物をまとめた。そして足早に職場を出て行った。

「ねえ、花田さん、それから有賀くんも、ちょっと来てもらえるかな」

吉田の姿が見えなくなると、駒子は部下ふたりを呼んだ。

『俳句の景色』は有賀が編集長になり、同時に庄野が退職した。誕生日よりふた月早いが、辞め時と判断したらしい。海老原は自分が重責を負わずにすんだことに安堵したのか、ちゃんと出社してくるようになった。一方の有賀も張り切って、いろいろ企画を出している。昇進したいと思う人間もいれば、それが負担になる人間もいる。人それぞれ、使いどころだ、と駒子は思う。

「なんでしょうか」

ふたりは立ち上がって駒子の傍に来た。

「ちょっと、そこに座って話しましょう」

駒子は応接用のソファにふたりを導いた。駒子の前にふたりがかしこまって座る。

「あの、私ずっと前から考えていたんだけど、吉田さんのような小さい子どもを持つ社員や親の介護をしている人をフォローする体制を、組織の中にちゃんと作れないかな」

「というと？」

有賀が首を傾げた。

「たとえば、時短勤務を取りやすくする。そのために、夕方以降その人の仕事をフォローしてくれる専門のアルバイトを雇うとかね」

「バイトを雇うのは難しいことじゃないですね。その昔、うちの会社では学生バイトを雇っていたそうですね。学業の終わった夕方以降の出社が建前だったそうだけど、実際には昼から仕事していた人も多いみたいですね。それで使える人間は社員に昇格させた、って聞きました。確か、権藤部長もそうだったんじゃないですか？」

有賀が答える。有賀は社内の情報にはいろいろと詳しい。

「ああ、確かに。昔はコネでしか採用してなかったから、五十代以上にはそういう人間も結構いるって聞いている。権藤さんや木ノ内さんもそうだった。いつのまに学生バイトを雇わなくなったんだろう？」

「昔は原稿やイラスト、デザインなんかも人が持ち運んでいたけど、いまはデータのやり取りだから一瞬で済みます。それに、昔はいまほど宅配便やバイク便がこまめなサービスをしてなかったんじゃないでしょうかね」

「だけど、時短だと結局、毎日出社しなければいけないでしょう？　子どもが病気になった時などは対応できないですね。それより、在宅勤務ができるようにした方がいいんじゃないでしょうか」

「それはそうかもしれないけど、一緒に仕事をするあなた方は、それでいいの？」

駒子が花田に尋ねる。時短や在宅勤務が進まない理由は、一緒に仕事するメンバーに気兼ねして、ということも大きいのだ。

「HPの仕事がメインになるなら、家でもできる作業は多くなります。雑誌のように校正が紙で出てくるわけじゃないし、原稿のやり取りもメールでできる。不可能じゃないですよね。仕事さえちゃんとしてくれるなら、それをやる場所が家でも会社でも私はかまわないと思います」

「だったら、会議とか取材以外は、家でできるのよね」

駒子が言うと、有賀が『いやいや』というように手を振った。

「会議だって取材だって家にいてもできますよ。オンラインミーティングができるビデオチャットサービスも、昔より簡単に利用できるようになりましたしね。現に、隣のセクションでは、海外との打ち合わせで頻繁に利用しています」

「ああ、そう言えばそうだったわね」

駒子は岡村の部署に目をやる。いまも、若いスタッフが画面を見ながら英語でやり取りしている。海外との交渉をしているのだろう。

「現実には、やっぱり会社に集まった方が、何気ない雑談から企画が生まれたり、ちょっと相談に乗ってもらったりできるから、メリットはあると思いますけど。特に新人の場合は先輩の仕事を見てやり方を覚えるというのもあるでしょうし。だから、状況に応じてどちらかを選べるのがいいと思います」

有賀の言うのももっともだ。駒子自身もどちらがいいか聞かれたら、自宅よりもオフィスで仕事する方を選ぶ。なるべく家庭に仕事を持ち込みたくないからだ。

「私も、オフィスで仕事をするメリットはあると思う。資料や情報を共有できるし、何より家に仕事場を作るのは面倒だもの。だけど、会社に来られない状況にある時は、家で仕事できると助かるわね。オフィス以外での仕事も仕事として会社が認めてくれればいいのよね」

「そうだと思います。僕には、親が若年性アルツハイマーになって介護をしている友人がいますが、結婚してないし、兄弟もいないので、介護が全部自分に掛かってくるって嘆いていました。フリーランスだからそれでもなんとかやれているけど、会社員だったら仕事を辞めるしかなかった、って言ってます。自分も独身で兄弟もいないので、他人ごとじゃない。いつそういう状況になるかわからない。もし、会社が在宅勤務を認めてくれるというなら、それだけで気持ちが楽になります」

「私もそう思います。女性にとって働きやすい職場は、男性にとっても働きやすいはず。在宅勤務のような新しい働き方を提唱するのも、新規事業部としての役目と言えないでしょうか」

有賀と花田が同じ考えだとわかって、駒子は大いに励まされた。

「わかった。ともかく、どうやって吉田さんをバックアップできるか、本人の意見も聞いて、考えるわ」

出世すれば、できることが増えると木ノ内は言っていた。だったら、それを活用してみよう。在宅でも仕事ができる環境づくり。それを私は提案していこう。それが、子育て中の社員や介護中の社員を助けることになるし、彼らの退職を食い止めることにもなるだろう。

それは他人のためにするんじゃない。未来の自分自身を助けることになるかもしれないのだ。

翌日、吉田は出社してきた。病児保育をしてくれるところに、子どもを預けてきたらしい。上司がいいと言っても、ほかのスタッフの手前、異動二日目に休むのは気が引けたんだろう、と駒子は思った。

吉田は昨日よりもさらに疲れた顔をしている。目の下には隈《くま》がくっきり見える。昨晩は看病でほとんど眠れなかったのだろう。それは、かつての自分自身の姿だ、と駒子は思った。

「吉田さん、ちょっといいかな」

駒子は吉田に声を掛ける。

「なんでしょうか？」

「ちょっと相談したいことがあるの。会議室に来られる？」

「はい、大丈夫です」

吉田の声はうわずっている。緊張しているのかな。だったら、なおのことやさしくしてあげなきゃ、と駒子は思っていた。

「ほんとうですか？」

駒子の提案を聞いて、吉田は席を立ち上がらんばかりに驚いている。

「そう、あなたの仕事を課としてバックアップできないか、と思ってるの。時短制度を使うか、あるいは思い切って在宅勤務ができないかって」

「水上さん」

吉田は、駒子の提案がどこまで本気なのか、警戒しているようだ。

「時短を使うなら、夕方以降、吉田さんがいない間の仕事をフォローしてくれるバイトを雇うという手もあるわ。もちろん、あなたの仕事がない時は、ほかの仕事もやってもらおうと思うけど」

「私の仕事をフォローしてくれる人、ですか？」

「まあ、ひとつの提案として、そういうのもありということよ。ただ、時短勤務をした場合、給与が大幅に下がるのよね。まるでこの制度を使うな、と言ってるみたい」

駒子は昨日のうちに総務に問い合わせをして、一時間〜二時間の時短勤務をした場合の吉田の給与の金額を試算した。それを見て、吉田は一瞬顔を曇らせたが、すぐに顔を上げて、

「はい、お金のことは大丈夫です。それで、早く帰ることができるなら。ただ」

「ただ？」

「人に仕事をまかせるとなると、その仕事の責任がどうなるのかな、と思って。たぶん、人まかせにできないことも結構あると思います。すみません、勝手なことを言って」

「そうよね。そういう問題はあると思う。それに、そんなことしなくても、在宅で

あなたがやった仕事も仕事だと会社が認めてくれるなら、なんの問題もないのよね。ほんとのとこ、いままでだって仕事を家に持ち帰ったりしてたんでしょう？」

「ええ。八時頃子どもを寝かしつけて、その後、仕事をやっていました。あるいは、朝四時頃に起きてやるとか」

「そうだと思った。そうじゃなきゃ、編集の仕事なんてこなせないもの。そうやって一生懸命仕事しても、会社にいないというだけで仕事をしてないようにみられるなんて、理不尽よね」

ワーキングマザーはまるで白鳥のようだ。五時に退社して楽に仕事しているようにみえて、実際は見えないところで必死でもがいている。だが、仕事の第一線から外されてしまうのを恐れて、もがいていることさえ隠そうとする。

「うちの課では、仕事さえちゃんとやってくれれば、どこで仕事してもかまわない。そういうやり方ができないか、総務に交渉してみようと思ってるのよ。うちは新規事業部だし、テストケースでやらせてほしいって。だって、実際に仕事してるんだもの、むしろそれを認めない会社が悪いと私は思う」

自分だけ特別な制度を使う、それについて日本人は罪悪感を抱きがちだ。だけど、自分の部下にはそういう想いを持ってほしくない。それはむしろ労働者の権利であるはずだ。

「水上さん……。なんとお礼を言えばいいのか……」

吉田の目に涙が浮かんでいる。

「その必要はないわ。まだ実現できるかわからないし、部下が仕事をしやすい環境を作るのは上司の仕事だもの」

「ありがとうございます。実現しなかったとしても、そんなふうに思ってくださったこと、忘れません。私の個人的な状況をこんなにも真剣に考えてくださる方がうちの会社にいるなんて、思いもしませんでした」

吉田の気持ちは痛いほどわかった。自分も子育ての悩みを上司や同僚には決して話せなかった。まわりに悪意があったわけではないが、子育ての悩みを理解してもらえるとは到底思えなかったからだ。

吉田の感謝は孤独の裏返しだ。まわりの理解も援助もなく、ただ孤独に戦っているワーキングマザーが世の中にはどれほどいるのだろう。

「じゃあ、在宅勤務の提案を総務にしてみるけど、そのために部署として用意すべきことって何があるかな」

「というと？」

「打ち合わせや会議はオンラインでできるけど、たとえば会社からの伝達事項とか、急遽伝えなきゃいけないこととか、いちいちあなたにメールを送らなくても伝えられる方法ってないのかな」

「ああ、そういうことですか。それでしたら、ビジネス用のメッセージアプリを使えばいいと思います。うちの夫はＩＴ関係の会社にいるんですが、そちらの業界ではこれを使うのが常識なんだそうです。ちょっと見てください」

吉田は自分のスマホを起ち上げ、メッセージアプリのガイドを駒子に見せた。

「必要な情報はここに上げておけば好きな時にアクセスできますし、グループ内でのやり取りも簡単だし、必要なメッセージを過去にさかのぼって取り出すのも楽。これを使っているから、仕事でメールを使うことはほとんどない、と言ってました。うちの会社でもこれを導入してくれればいいのに、と思っていたんです」

「なるほどね。世の中いろいろ便利になっているのね」

駒子は溜息交じりに言う。駒子はどちらかといえばアナログな人間だ。だけど、知らないうちにどんどんデジタルが生活に入り込んでいる。

「それに、勤怠管理システムを連動させて、モバイルから出退勤の打刻もできるようになっているそうです」

「ああ、それであれば、会社で仕事した後、いったんはタイムカードを退勤にして、その後家で仕事を始めた時にまた出勤ということにできるのね」

「それだけじゃなく、メッセージアプリの方にそれが反映されるので、私が仕事中かどうか、ほかの人もチェックできるんだそうです」

「それはいいわね。急遽打ち合わせしたいことがあった時、あなたが仕事中であれば遠慮なく連絡取れるってことね」

「はい。ただそれを使うことを総務が認めてくれるかどうか。経費も掛かりますし、そもそも時間管理が自己申告制になるってことですし」

「それを説得できるかどうかが、私の腕のみせどころってわけね。ともかく、やってみるわ」

「よろしくお願いします」

吉田は頭を下げた。それから、駒子はそうしたアプリの導入などの方策も含めて、自宅勤務の提案書を書き上げた。有賀や花田にもチェックしてもらい、なかなかいい提案書になった、と思う。

だが、これを総務に提出する前に、問題がひとつある。岡村である。

部署としての提案であれば、同じ新規事業部の次長である岡村の同意を取り付けないわけにはいかない。そして、在宅勤務制を導入するのであれば、岡村の部署も実行する、ということになる。結婚していない岡村が、それを認めてくれるだろうか。独身女性の方が、子育てをしている女性に対して厳しい、ということはよくあることだし。

そんな懸念《けねん》を抱きながら、駒子はおそるおそる岡村に切り出した。

「いいんじゃない。やってみれば」

予想に反して、岡村はあっさり返事した。

「会社も新しい働き方を模索しているところだし、提案してみる価値はあるんじゃないの？」

「ありがとう」

あまりにもあっさり承諾されて、駒子はキツネにつままれたような思いだ。

「どうしたの？ 私が反対すると思ったの？」

「え、ええ」

「ふん、私はそんなに頭の固い人間じゃないわ。それに、そういう実験的なことをやってみるのも、うちの部署の役目だと思うし」

「ありがとう。頑張ってみるわ」

駒子は感謝のまなざしを岡村に向けた。岡村は照れたのか、ぷいと横を向いた。

22

「いってらっしゃい。帰りは何時頃？」

「夕方になると思う。お昼は蕎麦もあるし、冷凍庫にひき肉と玉ねぎを炒めたものがあるから、それを解凍してトマトソースと混ぜればミートソースができるから」

達彦がなおも続けようとするのを、駒子は遮った。

「はい、はい、大丈夫、子どもじゃないんだから、適当にやります。それより、早く出ないと、みんな待ってるよ」

駒子の発言を待ってたように、焦れたようにブップーとクラクションを鳴らす音が聞こえてきた。

「あ、そうだね。そろそろ行かなきゃ。じゃあ、行ってきます」

「行ってらっしゃい。楽しんできてね」

澪は緊張しているのか、少し顔が強張っていた。

「そんな顔しない。みんなと久しぶりに会うんでしょ。笑顔でね」

そう言って、駒子はふたりを送り出した。

今日は高校女子サッカー選手権の東京予選の日だ。澪たちの中学時代のサッカー部仲間ふたりが別々に所属する高校が、準決勝でぶつかることになっている。それで、中学時代の仲間とその保護者で応援に行くことになったのだ。

音頭《おんど》を取ったのは達彦。達彦が連絡を取ると、「久しぶりにいいですね。もちろん参加します」と、即答した人もいた。結局、保護者五人、子ども七人で参加することになった。中学の部活のOBとその保護者の集まりの参加率としては、なかなかよい方だろう。

澪の中学時代、達彦は女子サッカー部の応援団長を自認し、試合の時の子どもたちの送迎や荷物番などの雑用を、積極的に引き受けた。そして試合後は、勝っても負けても楽しく打ち上げをしていた。ほかの保護者に雑用を強制しなかったし、たまにしか顔を出さない保護者も歓迎したので、いつも集まりはにぎやかだった。幹事が達彦なので父親の参加率も高く、それが目的で試合観戦に参加していた保護者もいたらしい。

「子どもが卒業してしまうと、みんなで集まれなくなって残念ですね」

謝恩会で達彦にそう言ってくる保護者もいたほどだ。

今回の件を、澪に告げた時、達彦はこう言った。

「澪の中学時代の仲間が活躍するんだから、応援に行くんだよ。パパにとっても、トッコやカノンの活躍は嬉しいことだからね。だけど、澪は来たくなければ来なくてもいいよ」

来ないでいい、と言われたので逆に反発したのか、それとも芽衣に誘われたことが気になっていたからなのか、澪は「行く」と答えた。

理由はなんでもいい。自分ひとりで考えているより、外に出た方が気が紛《まぎ》れる。

駒子はそう思って、詮索せずに澪を送り出した。

澪たちが帰宅したのは、夕方頃だった。

「どうだった？」

駒子はそう問い掛けたが、答えを聞くまでもなく、ふたりにとってよい一日だったと推察できた。澪の顔も達彦の顔も明るかったからだ。

「すごい試合だった。トッコはスタメンだったし、カノンも後半出場したんだけど、ほんと、最後まで気の抜けない試合だった。女子でもやっぱり関東大会に出るようなチームは違うよ」

澪は興奮して早口で語る。

「それで、どっちが勝ったの？」

「カノンの学校。前年度優勝のチームだし、やっぱり土壇場《どたんば》で強いよ。最後の最後、アディショナルタイムでゴールを決めて勝っちゃうんだもん。ほんと、カッコよかった」

ああ、本来の澪だ、と駒子は思った。サッカーが好きで、いい試合を観ると興奮して、サッカーをよく知らない駒子にもいろいろと解説したがった。

「それはいいけど、まず手洗い、うがいしなさい」

「うん、シャワーも浴びてくるね」

そうして、弾むような足取りで澪はリビングを出て行った。

「連れ出してくれたのは、よかったみたいね」

駒子は達彦に言う。

「うん、芽衣にも言われた。おじさんが連れて来てくれてよかったって。たぶん、ひとりじゃ来ないだろうから、どうやって連れ出そうか、とみんなで考えていたんだそうだ」

「それは、どういうこと？」

「実は、芽衣たちは澪に話したいことがあったんだ」

試合観戦の間は、スタンド席に子どもだけで一塊になって座っていた。大人はその上の段に一列に並ぶ。応援をしながら、達彦はなんとなく澪の様子を意識していた。旧友たちに挟まれても、どこかぎこちない態度だった澪も、試合が白熱してくるにつれて声が出た。根はサッカー好きなのだ。いい試合が目前で行われていたら、冷静ではいられない。最後はみんなと立ち上がって応援していた。

昔どおりの元気な姿だ。こんな様子を見たのは、何ヵ月ぶりだろう？

それだけでも、無理に連れて来てよかった、と達彦は思っていた。

試合が終わった後、みんなでファミレスに行った。以前の打ち上げの時のように、試合会場近くのお店を達彦が予約していたのだ。

「ご予約の水上さまですね」

ウエイトレスに通された席は、四人掛けのテーブルが三つ並んだ場所だ。大人五人子ども七人だったので、奥には子ども四人、手前には大人が四人座り、達彦は子ども三人と一緒に真ん中の席に座った。

「すみませんねえ、水上さんにいろいろ段取りしてもらったのに、ひとりだけそっちで」

ほかの保護者たちは、達彦だけ子どもに交じったことに恐縮している。

「いえいえ、大丈夫ですよ。ここからでもそっちの話に参加できますから」

達彦はそう言って、身体を大人たちの方に向けた。澪は達彦と同じテーブルになるのを避け、子どもだけの席に座っている。隣には芽衣が、目の前には中学時代キャプテンだったタカが座っている。はす向かいには、やはり同じ学校の風香《ふうか》が座った。風香も澪といっしょにサッカー部を脱落した仲間だ。

各自注文した料理が届くと、ジュースとお茶で乾杯した。運転手をする保護者に悪いから、と全員お酒を頼まないのが打ち上げの時のルールだった。

「それにしても、トッコもカノンもよかったですねえ。この半年で急成長した気がする」

「トッコが後半始まってすぐ、オフサイドポジションぎりぎりからシュートを決めたでしょ。あれはすごかったですねえ」

達彦は大人たちの会話に参加しながら、背中で子どもらの様子を気にしていた。最初は大人同様試合の話をしていた。澪は会話に積極的に加わることはなく、みんなの話を黙って聞いていた。

「いいよね、トッコもカノンも。学校が女子サッカーにも力を入れてくれるし。うちらの学校なんか全然ダメ」

そう言いだしたのは、タカだった。

「でも、タカんとこは女子サッカー部あるんでしょ?」

芽衣がそう反論する。芽衣や澪の学校には、女子サッカー部自体存在しないのだ。

「あるにはあるけど、部員も少ないし、グラウンドも男子と日替わりで使っているんだ。トッコのとこみたいに専用のグラウンドがあって、女子サッカーの経験者がコーチしてくれるような学校には全然かなわないよ」

「それでも、あるだけましじゃない」

芽衣の言葉に、澪も黙ってうなずいている。

「だけど、部員が少なくて、試合どころか練習だってちゃんとできないんだ。だからね」

タカが澪の方を見た。芽衣と風香の視線も澪の方を向いた。

「澪たちの学校と合同チーム作れないか、と思ってるんだ」

澪はくわえていたストローを口から離して、ぽかんとした顔でタカを見る。

「合同チーム？」

「タカの学校、部員が八人なんだって。だからうちら三人が参加すればちょうど十一人になるんだ。ねえ、澪も参加しない？」

実はタカと芽衣たちは、事前に話し合っていたのだろう。だから澪を今日誘ったのだ、と達彦は気がついた。達彦と同じテーブルに座っている子どもたちも、話すのをやめて澪たちの会話に聞き入っている。

「えっ、どういうこと？　うちらがタカのところの部員になるってこと？」

「いや、うちの学校に申請して、女子サッカー部を作るんだ。そして、連盟にタカんとこと二校で合同チームを作るって申請を出す。そうすれば、試合にも参加できる」

「そうだよね。やっぱり女子サッカー部がないとダメなんだよね。うちの学校、認めてくれるかな？」

「実は、もう学校に問い合わせしている。正式な部は無理でも、五人希望者がいれば同好会が作れるらしい」

風香がそう説明する。

「うち三人だし、人数足りないじゃん」

「だから、いまから探そうよ。きっとほかにもサッカーやりたい女子っていると思うし。最悪、帰宅部の子に名前だけ貸してもらってもいいし」

「そうだね……」

澪は煮え切らない。あまり乗り気ではなさそうだ。

「だけど、私、あんまり学校に行ってないし、このまま学校辞めるかもしれない。いまさら同好会作るっていっても……」

「ああ、もうじれったいな」

澪の前に座っていたタカは不満そうだ。

「あのね、この計画、もとはと言えば澪のために何かできないか、って芽衣と風香が私に相談に来たことから始まったんだよ」

「私のために？」

「もともとうちの学校じゃ人数足りないから、どこかと合同チームを作ろうと話があったんだ。なので、芽衣たちから相談された時、だったら、そっちで同好会作って合同チームにしよう。そうすれば澪もまたサッカーができるし、学校に行く目的もできる。一石二鳥じゃん、って」

こっそり耳を澄ませていた達彦は、思わず涙ぐみそうになった。澪の仲間がそこまで澪のことを考えてくれるとは思ってもいなかったのだ。だが、澪の方は当惑したように眉をへの字にしている。

「そんなこと、勝手に決められても」

それを聞いてタカが怒ったようにバンと、両手をテーブルに置いて立ち上がった。

「正直うちの先輩たちに話したら、ちょっと心配していた。これから作る同好会なんてあてにできるの？　それより、すでに女子サッカー部があって、うちみたいに人が足らない学校と組む方がいいんじゃないか、って。それを、中学時代、都大会優勝の経験者が三人いるから、ここと組めば絶対うちは強くなれる。距離的にも行き来しやすいし、ここと組みましょうって。そう言って頼んでいる私の立場も考えてよ」

いつの間にか大人たちも会話をやめ、ふたりの会話に聞き入っている。達彦も、聞いてるふりをやめて、澪たちの方に身体ごと向いていた。

「だから、あんたたちが同好会作ってくれなきゃ困るし、そこに澪がいるのも絶対条件」

「タカ……」

「クラブ辞めてショックだったのは、澪だけじゃないよ。私たちだって……。だから、タカの話を聞いた時、そんなことやれるのかな、と正直思った。私はもうそんな風に頑張れる自信がない気がした」

風香に続いて芽衣も言う。

「そう、私も風香と同じ。サッカー部脱落した自分たちに、そんなことできるのかって。だけど、やらなきゃ、いつまでも自分たちは負けっぱなし」

「それじゃ嫌だと思ったし、自分はひとりじゃない。三人なら、もう一度やれる、と思ったんだ」

「だけど、私はもう学校にも行ってないし、それに」

澪が言うのを遮って、タカが言った。

「できない言い訳なんて聞きたくない。澪、あんたサッカーやりたいの？　やりたくないの？　もうサッカーやること、完全にあきらめた？」

それを聞いた澪の目にふいに涙があふれた。

「あきらめてない。サッカーやりたい。みんなとまたグラウンドに立ちたい」

そう澪が言うのと同時に、ぽろぽろ涙が零《こぼ》れ落ちた。澪の横に座っていた芽衣が澪の肩を抱いた。風香も澪の手を握る。

「やったね」

タカが澪を励ますように声を上げた。風香は澪の手を握りながら言う。

「だったら、頑張ろう。もう一度三人で頑張って、同好会を作ろう」

それを聞いた澪は、何度もうなずいた。

「明日そっちのクラスに相談に行くから、ちゃんと学校に来なよ」

澪の頭を芽衣がくしゃくしゃに撫でている。澪の目からは涙が途切れず落ちている。それを見た達彦はもう我慢できなかった。タオルで顔を拭くふりをして顔を覆《おお》った。

「よかったですね。次はタカの学校と澪の学校の合同チームの初戦を応援に行きましょう」

達彦の隣に座っていた保護者が、そう声を掛けた。

「はい、お願いします」

達彦はタオルで顔を隠したまま、そう返事した。

「そうだったんだ。ありがたいね、友だちって」

達彦の話を聞いていた駒子の目も潤んでいる。

澪の登校拒否について思い悩んでいるのは自分たち家族ばかりだと思っていたけど、そうではなかった。澪のことを案じてくれる友だちがいる、そのことが駒子には本当に嬉しかった。

「澪のことだけじゃない。サッカー部がないという問題についても、子どもたちは自分たちの力で解決しようとしてるんだね。なんか、かなわないなあ」

きっと澪のことがなくても、合同チームの話はあっただろう。それくらい、彼女たちの情熱は前向きだ。

「ほんとに。もう、俺、泣けて泣けて。今日ほど澪にサッカーがあってよかった、と思った日はないよ」

「うん、サッカーとサッカー仲間に感謝だね。それに達彦のオヤジ力にも」

「俺は何にもやってないよ。今日、澪を連れて行っただけ」

「いや、中学時代のサッカー仲間の絆を強くしたのは、達彦が保護者たちといい関係を築いてきたことも大きいと思う。ずっと澪と並走してきたから、それが今回生きたんだよ」

「そうかな」

「そうだよ」

自分にはできなかった。達彦だからできた。

そして、そのことを素直に感謝したい気持ちだった。

「いや、駒子さんだって頑張ったじゃない。一緒に家事をやろうと思いついて実行したから、澪も動けるようになったんだ」

「そうかな」

「そうだよ」

「そういうことにしておこう。この後どうなるかわからないけど、私たち、ちょっと頑張ったよね」

「そうだよ。親だって、時には褒められてもいいよね」

そうして、ふたりは目を見合わせて微笑んだ。

本当に澪が学校に行けるのか、明日になってみなければわからない。明日になったら、やっぱりダメと言うかもしれない。

だけど、きっといずれはうまくいくだろう。澪はひとりじゃない。仲間や、私たちだっているのだから。駒子がそう確信していた。

23

家庭の問題が一段落する一方、仕事の方も順調に進んでいた。

HPの企画については無事に決裁が下りた。さらに在宅勤務制についての提案書を、総務部に提出した。まずは総務に話を通すことが大事だと思ったのだ。

その企画書を出した直後、駒子は総務部長の関根に呼び出された。駒子は、なんとなく関根部長には嫌われている気がしていた。面倒なことばっかり言い出して、めんどくさいやつ、と思われているに違いない、と。

誰もいない会議室に差し向かいで座った時、関根の強張った表情を見て、こっぴどく叱られることを駒子は覚悟した。しかし、関根が開口一番言ったのは、

「きみ、どこでこの話、耳に挟んだの?」

ということだった。駒子は事情がわからなくて「は?」と、答えた。

「とぼけるんじゃないよ。うちの会社が在宅勤務制を導入しようとしていることを知って、この企画書を出したんだろ?」

「うちの会社がって、会社全体がですか?」

駒子は心底驚いて聞き返した。そんな話は会社の噂にも上がってなかった。

「やれやれ、ほんとうに知らなかったのか。部長以上は知ってることだから、もしかしてきみにも伝わっているのかと思ったんだけど」

それで聞かされたのは、驚くべき話だった。会社全体を土地代の安い郊外に移転させる計画がひそかに進行中だという。それに伴い、都心での仕事が多い編集部な

どのセクションは、在宅勤務制に移行する、というものだった。

「全く知りませんでした。発表されたら、会社中大騒ぎになるでしょうね」

本社ビルがある場所は、創業者が戦後まもなく開業した場所でもある。印刷所や製本所などが近隣に多く集まっている、都心の便利な場所だ。最初は貸しビルの一角だったものを、事業の成功とともにビルごと買い取り、周辺の土地も買い取っていまの状況にした。駒子もほかの多くの社員も会社の移転などつゆほども考えず、この場所に通勤しやすい場所に家を買っていた。移転先の本社ビルは、東京西部にある駒子の自宅からは遠くはない。だが、東東京や千葉方面に居を構えているものも少なくないから、社員から相当の不満が出ることになるだろう。

「それで、毎日通勤しなくてもいい在宅勤務制に転換するということですか？」

「まあ、そういうことだ。都心にも拠点となるようなサテライトオフィスを置くことになるが、いままでのような出勤スタイルを取らなくてもいい」

「それは……斬新な試みですね」

新しもの好きな社長の発案なのだろう、と駒子は思った。

「まあ、賛否両論は出るだろうし、まだ三年以上先の話だ。諸々の契約が済んで会社が正式に発表するまでは、この件は伏せておきたいんだ。きみも管理職だから、そういうことはわかると思うけど」

そうして、ぎょろりとした目で駒子を睨んだ。よけいなことを他人に漏らすなよ、という恫喝《どうかつ》だ。

「その件は了承しました。ですが、うちの吉田の件はどうしましょうか」

「ある意味、そちらでやるのは悪いことではない。いきなり全社員に適用するより、そちらでやってみて、具体的な問題点などを指摘してもらえれば、今後の役に立つことになる」

「では、吉田の件は」

「やってみたまえ」

駒子はほっとした。まさに瓢簞《ひょうたん》から駒《こま》だ。こんなことでうまく話が進むとは思ってもみなかった。

「ありがとうございます。それでついでと言ってはなんですが」

「まだ何かあるの？」

関根は警戒するような目で駒子を見た。

「はい。部長に直接お話しできる機会はなかなかないと思いますので、この際お願いしたいのですが」

どうせ嫌われついでだ。頼めることは頼んでしまえ、と駒子は思っていた。

「それは口止め料ということか？　吉田の件を認めるだけでは不満なのか？」

「いえ、それとは別に、どなたかハンデがあって時短でないと働けないような社員はいないでしょうか？　うちのスタッフとして引き取りたいんです。吉田だけでなくもうひとり在宅勤務のサンプルがあれば、報告書もよりよいものが書けると思うのですが」

すでに会社のOGに声を掛け、フリーランスで仕事してくれる人を何人か確保している。ほとんどが出産育児のために会社を辞めた人間だ。だが、それ以外にも彼女たちをコントロールするための社員スタッフが欲しかった。

「ああ、だったらうちにひとりいるわ。森沢大輔《もりさわだいすけ》。知ってる？」

「確か昨年入社した新人だったと思いますが、彼が何か？」

色の白い、少し覇気《はき》のない印象の社員だった。何か事情があるということは知らなかった。

「彼は腎臓に病気があって、週三回の血液透析《とうせき》が必要なんだ。それで火曜木曜の午後は医者に通っている。彼でよければ、そちらに異動させるけど」

「はい、ぜひ。うちはスタッフが足りないので、若い社員が増えてくれるのは嬉しいです」

そうして、入社二年目の新人の森沢大輔が異動することになった。人となりは知らなかったが、特に悪い噂も聞いていないから、大丈夫だろうと駒子は思った。

「いろいろ皆さまにご迷惑おかけすると思いますが、よろしくお願いします」

色白で猫背の森沢は、異動の挨拶に来ると、そう言って駒子に頭を下げた。黒縁眼鏡の奥は無表情で、老成しているような、妙に達観しているような印象だ。

「大丈夫。うちの部署は在宅勤務制を始めるつもりだし、森沢さんにとってはいままでより楽に働けるようになるはずよ」

「はい、そうなるとありがたいです」

「ところで、森沢さんは何かやりたいことある？　当面ＨＰの仕事をやってもらうことになるけど、自分で何かやりたい企画があればやってもいいんだよ。うちは新規事業部だし、いろいろ仕事を作っていかなきゃいけないから」

森沢はちょっと首を傾げた。

「それは、何か書籍の企画っていうことですか？」

「もちろん書籍でもいいし、それ以外でもいい。新規事業部だから、なんでもありです」

先に異動してきた吉田は、ワーキングマザー向けの書籍を提案してきた。ＨＰの仕事の傍《かたわ》ら、どうしても出したいものだという。駒子は喜んでその企画を承認した。

「だったら、僕は動画配信をやってみたいです」

「動画配信？」

「いまは素人でも簡単にできるけど、うちみたいな出版社はコンテンツもあるし、作家との繋がりもあるから、いろいろと面白いことができるんじゃないでしょうか。本を売る宣伝でしか動画を使っていないのは、もったいないと思うんです」

「面白そうだけど、たとえばどんな？」

「そうですねー。たとえばですけど、有名作家による小説執筆講座とか、人気漫画家のファンミーティングとか、人気ミステリ作家を集めてオールタイムベスト10を選定するとか」

「それはいいね。それならお金取れるね」

いきなり話を振ったのに、すらすら出てくるというのは、きっと前から森沢はこうしたことを妄想していたのだろう。

「もちろん有料で、限定公開でやるんですよ。無料配信して広告で稼ぐという手もありますが、有料にすれば作家にギャラも払えますし、売り上げも立てやすいですから」

「面白い。じゃあ、企画書書いてよ。まずは絶対売れそうなやつ」

「コミックとかアニメがらみの企画でも大丈夫ですか？」

「もちろん。コミックやアニメの編集部の協力がいるなら、私の方で話をつけるから」

「ありがとうございます」

森沢が嬉しそうに笑った。そうすると、老成しているような印象は消え、子どもっぽい顔になる。

子どもっぽい、というより年相応ってことか。去年入社したんだから、この子はまだ二十三とか四。自分より二十年下ってことは、つまり自分の息子であってもおかしくない年齢なんだ。

そう気がついた時、駒子は軽いショックを覚えた。

会社のおふくろさん、というつもりでやってきたけど、ほんとにほかの社員のおふくろさんでもおかしくない年齢になってるんだ。

いつの間にか会社人生、半分過ぎているんだな。

寂しいような、胸がうずくような感じがして、駒子は落ち着かなかった。

「結局、私のやることってみんなの補佐役なのね」

駒子は日に干して固くなったデニムを畳みながら言った。

頭の中では、これは達彦のだね。サイズも大きいし、と考えている。

「どういうこと？」

達彦は、部屋の隅で駒子の白いシャツにアイロンを掛けている。駒子はアイロン掛けが苦手なので、そっちは達彦におまかせだ。

「企画を起ち上げたり、実際に動くのは部下のやることで、彼らが動きやすくなるためにバックアップするのが私の仕事。今日も、総務や経理と一日中打ち合わせをしてたわ」

今日は有賀が動画配信で「俳句の作り方」という講座をやりたいと言ってきた。単純に作り方を教えるだけでなく、リアルタイムで一般から俳句を募集し、その場で俳人が採点、添削《てんさく》をするというものだ。うまくいくようであれば、それをもとに単行本も作りたいという。どうやら森沢の仕事に刺激されて企画を考えたらしい。

「そんなもんでしょ。エライ人って」

肩の丸くなっている部分にアイロンをあてている達彦は、そっちの方に気を取られている。ここにちゃんとアイロンが掛かっているかどうかで、仕上がりが変わるのだそうだ。駒子は別のデニムを取り上げた。見慣れた自分のものである。

「自分でも企画を立ててるんだけど、部下の出してくるものにはかなわない。私の場合は、出版社ならこういう仕事という固定観念から抜けられないけど、若い子たちは子どもの頃からネットやスマホに触れてるし、発想がもっと自由なのね。しみじみ年を取った、と思うわ」

『俳句の景色』の中江のことを、駒子は前時代の遺物のように思っていた。だけど、自分も確実に年を取っている。新しい考え方についていけなくなる日が来るかもしれない。それを感じたのだ。

「いいんだよ、若い人みたいな発想ができなくても。若い人の考えが正しいか、ビジネスとして広がりがあるかを判断できればいい。そして、彼らが働きやすいように環境を整えてやるのが、上司の役割なんじゃないの？」

「ああ、そうだね。そうかもしれないね」

若い子の新しいアイデアがよいものかどうかを見極める、まだそれくらいの若さは自分にはある。

「老害っていうのはつまり、昔の自分の成功体験が絶対だと思っていて、若い人の発想を理解できない、それを潰そうとするってこと。そういう輩《やから》が組織のトップにいると、組織はダメになる。自分は若い発想ができないんだ、という謙虚さが年長者には必要だよ」

「そうだね。でも、初めて出世することの必然性というのを感じたよ。自分自身は現場で新しいアイデアをどんどん出すことは難しい。徹夜も平気というような体力もない。だけど、それができる子たちの上司になれば、そのアイデアを実現できるように動くという働きどころがあるもんね」

駒子は左右の靴下をワンセットに畳みながら言う。

「そういうこと。出世するのは面倒だけど、出世しないことの面倒というのもあると思うよ」

達彦の言うことはわかる。自分より若い人間が自分の上司になる。いまはまだいいけど、自分がもっと年を取って、うんと若い上司の下で働くことになったら、それはあまりおもしろいことではないかもしれない。

「ところで、岡村さんとの部長争いの件はどうなった？　もう十二月だし、そろそろ結論出るんじゃない？」

達彦がアイロン掛けが終わったシャツを畳みながら、尋ねた。

「いえ、まだ年度の途中だから、年度末の決算が出たところで判断されるんじゃないかな」

「それで、どうなりそう？」

「やっぱり岡村さんだと思うわ。起ち上がりが早かったから、既に売り上げが出始めているし。うちの場合はまだ仕込み中。HPが起ち上がるのは年明けだし、起ち上がってもすぐには利益は出ないだろうし。むしろ森沢くんの企画の方が早く動きそうなくらい。残念だわ。来年の秋くらいまで待ってもらえれば、少しは勝負ができたのに」

「駒子さん、岡村さんに勝ちたいと思ってるの?」

「勝ち負けにこだわってるわけじゃないけど」

仕事を一緒にやることで、岡村の良さもわかってきた。彼女が部長になっても、ちゃんとそれを支えることはできると思う。

「ただ、私の部下が始めたことを、いい形でビジネスにしたいと思うの。それには自分が部長になった方がいい。岡村さんはやっぱり自分の直の部下の仕事を優先するだろうし、そうなったらうちがどこまで自由にできるか、わからないから」

出世は面倒だと思っていたけど、やりたいことがあるなら、出世するのも悪くない。やれることが増える、という木ノ内の言葉は間違ってはいない。

「そうか」

達彦はそう言ったきり、いいとも悪いとも言わなかった。

駒子が洗濯物の山から次に取り上げたのは、澪の運動着だった。見慣れないブルーのユニホームだ。ゼッケンはついていない。

「澪のとこ、合同練習始まったんだね」

「うん。昨日初めてタカの学校に行って練習したそうだよ。久しぶりで疲れた、って言いながら帰って来た」

「まあ、ずっと家にいたから、身体なまってるんでしょ」

「それは本人も自覚していた。それで、今朝学校に行く前にジョギングをしてたでしょ。これから毎日やるつもりだって」

「そう。でも、ほんとよくやったよね。よく頑張ったと思う」

タカたちに焚きつけられた後、澪は学校に戻った。その後もたまに休んだりはしたが、女子サッカー同好会を作るという目的があったから、なんとか踏みとどまることができたのだ。そうして、帰宅部の同級生二人を口説いてメンバーを五人揃え、学校の承認も取り、同好会として活動ができるようになった。

「年内の試合は無理だけど、来年の春の大会を目指して頑張るらしいよ」

「そっかー。そうしたらまた見に行かなきゃね。今度は私も一緒に行くよ」

駒子の頭に、ブルーのユニホームを着てグラウンドを走る澪の姿が浮かんだ。精《せい》悍《かん》な顔つきで、一心にボールを追っている。

「うん、ほかの親も誘って、応援しに行こう」

「春の大会って三月だっけ？　楽しみだね。早く来るといいのに」

しかし、その日は来なかった。

新型コロナ感染症（COVID－19）の流行に伴い、東京都には緊急事態宣言が発令。すべての高校運動部の大会は中止になったのだ。

24

二階のドアを開ける。部屋はがらんとしている。駒子のほか、誰もいない。荷物を置いて、自分の席に座る。ほんとうなら、目の前に花田がいて、森沢と吉田が向かい合って座り、奥の方に『俳句の景色』のスタッフが座っている。いちばん奥には有賀がいて、にらみを利かせているはずだった。

四月に緊急事態宣言が出されてから、みんなリモート・ワークで自宅作業だ。五月二十五日に緊急事態宣言が解除されても、まだ一週間しか経っていないので、出社停止が継続していた。だが、もともと吉田や森沢のためにリモート・ワークの働き方を模索していたから、駒子たちのセクションは比較的スムーズに移行できたのだ。HPの制作や動画制作はリモートでも問題なく進んでいる。予定していたレインボーホールのイベントはすべて中止になったが、その分、動画配信に切り替えて行うことになり、その配信が始まっている。

雑誌によっては、取材ができないなどの理由でこの春は休刊になったものもあるが、『俳句の景色』については、巻頭グラビアの『俳句に詠まれた景色』という記事を休載するだけで、あとはふつうに作業することができている。

花田や有賀と自宅勤務のことを話した時は、まさか自分たちまでそういう働き方をすることになるとは思わなかった。あれからまだ八ヵ月しか経っていないのに。

駒子が自分の席に座ってぼんやり感慨にふけっていると、ドアの開く音がした。振り向くと、岡村が入ってくるところだった。

「おはよう」

駒子と目が合うと、岡村の方から挨拶してきた。岡村はノーカラーのベージュのジャケットにタイトなブラウンのワンピース。地味だがシックな装いだ。口元も装いに合わせて、ベージュに小花の刺繍がある布のマスクをしている。

「おはよう」

駒子も返事をする。駒子は白のインナーに黒のパンツ、グレーのジャケット。ふだん通りの通勤スタイルだ。口元はそっけない不織布《ふしょくふ》マスク。

今日の自分は主役ではない。岡村の引き立て役なんだから、気合を入れる必要もないだろう、と思っている。

「もうそろそろ時間ね。行きましょうか」

愛想よく岡村が声を掛けてくる。コロナの影響で延期されていた部長昇進についての結論が、ようやく決まったという。それで、社員の大半はリモート・ワークというのに、わざわざ会社まで呼び出されたのだ。

まったくお偉いさんたちは仰々《ぎょうぎょう》しいのが好きだなあ。そんなの、オンラインで伝えてくれればいいのに。

わざわざ教えてもらうまでもなく、岡村さんが部長なんだろうし。

駒子がそう思うほど、岡村のセクションの売り上げは顕著《けんちょ》だった。大型書店の多くが休業し、本の売り上げが落ちているのと反比例して、電子書籍の売り上げは上がっている。日本だけじゃなく海外でもステイ・ホームが続いていたから、海外に向けた電子書籍の売り上げが大幅に伸びていた。ほかの編集部が軒並《のきな》み売り上げダウンに苦しんでいたから、岡村の部署の成功は目を引いた。駒子のセクションも売り上げは出始めている。半年後であれば、少しは岡村のセクションに対抗できたかもしれない。だが、まだいろんな仕掛けが始まったところだ。

辞令を渡して、拍手でもしてくれるっていうんだろうか。ま、私はしてもらうんじゃなくてする方だし、やれと言われればいくらでもしますけどね。

駒子がそんなことを考えているうちに、七階の会議室に着いた。ここは一般の社員とは別の、部長以上の人間のみ使うことが許されている場所だ。ふつうの会議室でいいのにいちいち大仰《おおぎょう》だ、と駒子は思う。

岡村がノックをすると「どうぞ」と声がした。「失礼します」と岡村が言って入室する。駒子もそれに続く。重厚なダークブラウンの会議机、壁には著名な画家の絵が飾られ、床には厚い絨毯《じゅうたん》が敷かれている。その内装より、駒子が驚いたのはそこにいたメンバーだった。直属の上司にあたる権藤部長と総務部長の関根はともかく、専務と常務、取締役、それに社長までが顔を揃えていたのだ。しかし、揃ってマスクをしているので、ちょっと間《ま》の抜けた感じもする。

「そこに座って」

関根に言われて、駒子と岡村はいちばん下座の席に座る。反対側にいる社長と向き合う席である。社長が笑顔を浮かべている。

「さて、ステイ・ホームが叫ばれるなか、わざわざ集まってもらったのは、保留になっていた新規事業部の部長の件について報告をするためだ」

社長がいきなり本題に入った。

「ふたりともいろいろ頑張ってくれた。岡村さんは電子書籍や海外との事業を積極的に推し進めているし、水上さんもHPや映像制作のビジネスを展開している。それぞれこの苦しい時期に売り上げを伸ばしてくれている。だが、どちらかひとりを新規事業部の部長に、ということであれば、売り上げの高さから、やはり岡村さんだろう。岡村さん、よろしくお願いします」

岡村がそれを聞いて、立ち上がり、礼をする。そこにいるみんなが拍手する。岡村の顔が嬉しそうに紅潮している。

やっぱり、と駒子は思った。当然の結果だ。わかっていても胸がちくんと痛むけど、彼女の働きはみごとだった。素直な気持ちで「おめでとう」と言う。みんなの拍手が一段落すると、社長は話を続けた。

「だが、一方で水上さんの働きも素晴らしかった。もう少し時間があれば、さらなる売り上げを出せただろうと思う」

社長は自分を慰めてくれるのかな。いや、そんなに落ち込んではいないんだけど。

「とくに映像を使った講座については、なかなか興味深い。現状は女性管理職ものと俳句に限られているが、うちのコンテンツを使ってやればもっといろんなことができる。カルチャーセンターのように多種多様なものを映像展開できると思う」

なるほど、アイデアマンの社長らしい考え方だ。

「素晴らしいですね。映像によるカルチャーセンターってことですね」

駒子が発言すると、よしよし、というように社長はうなずいた。

「会社として、そのビジネスをもっと推し進めたいと思う。ついては、デジタル事業部を新設して、水上さんにそちらをまかせたい」

「は？」

社長の言ってることがとっさに飲み込めずに、思わず駒子は聞き返した。

「水上さん」

関根が咎《とが》めるように駒子をにらんだ。「すみません」と、駒子は言うが、どういうことなのか、よくわからない。新しい部ができて、それを私にまかせる？　それはつまり……。

「水上さんをデジタル事業部の部長にしたい、と社長はおっしゃってるのよ」

そう駒子に説明したのは、取締役の木ノ内だ。社長はそれを聞いて苦笑する。

「私が、というより、この木ノ内さんの強力なプッシュがあったんだがね。この突然のコロナの騒ぎで、出版のビジネスが今後どうなっていくかわからない。この際、出版以外にも、映像ビジネスに力を入れるべきだ。それを水上さんに任せたらどうか、と」

「木ノ内さんが？」

突然の成り行きに呆然としている駒子は、オウム返しに聞くことしかできない。

木ノ内は満面の笑みを浮かべて駒子を見ている。

「それだけじゃない。関根くんからも、水上さんの働きについては高い評価があった」

「総務部長が？」

駒子がそちらを見ると、関根は駒子の視線から目を逸らすように窓の方を見た。いつも面倒な案件を持っていくので、関根には嫌われていると思っていた。その関根が自分を評価している？

「この状況になった時、いち早く全社でリモート・ワークの体制を取れたのは、水上さんの部署で既に試みていたからだ。リモート・ワークをするために何が必要か、自宅での仕事の量をどう計算するか。そうしたことについての水上さんの提言がとても役に立った、ということだそうだ。それに、水上さんは人材の生かし方もうまい。他部署でもてあましている人材を、自分の部署に引き取って活用する、その力量は素晴らしい。そういう能力は、部長となればもっと発揮できるだろう、と」

「はあ」

まさか、そんなことが褒められるとは思わなかった。自分はただスタッフを集めたい、それだけで動いていたのに。

「引き受けてくれるね」

「はい、もちろんです」

それ以外、駒子はこの場で何の言葉が言えただろう。これは決定事項なのだ。

「おめでとう。これからも頑張りましょうね」

岡村がすかさず立ち上がり、駒子の方に右手を差し伸べた。芝居がかっているなあ、と思いながら駒子も立ち上がり、岡村の手を握り返した。

社長が拍手をすると、それに倣《なら》ったようにほかの重役たちも拍手をした。満場の拍手に包まれながら、駒子はまだ呆然としていた。

「それはつまり、駒子さんも岡村さんも部長に昇進したってこと？」

「そういうことになるね」

帰宅した駒子は、ワインを飲みながら達彦と話している。今日はチキンステーキだ。皮はパリパリ、肉はしっとり焼き上げる達彦の技には、まだ駒子はかなわない。肉を焼くのは達彦にまかせ、サラダとコーンスープは駒子が作った。コーンスープは缶詰めを牛乳で溶いただけのものだが、味は悪くない。最近では、そんなふうに二人で分担して食事を作ることが多い。

「そう。それはおめでとう」

達彦は笑顔で持っていたグラスを目の高さまで上げた。駒子も同じようにグラスを掲げ、乾杯をする。

「めでたいかどうかわからないけど、やれるだけはやってみる」

少なくとも部下たちは喜んでくれた。週末にリモートでお祝いの飲み会をやりましょう、と言われている。次長に昇進した時のことを思うと雲泥《うんでい》の差だ。喜んで参加する、と返事しておいた。

「いや、おめでたいことだよ。駒子さんの頑張りが会社に認められたってことだもの。もう一度乾杯しよう。乾杯！」

そこへふらりと澪が現れた。夕食だと何度も声を掛けたのだが、なかなか降りてこなかったのだ。

「澪の分は、キッチンに置いてあるよ」

駒子が声を掛けるが、澪は「いまはいらない」と首を横に振る。

「後で食べる。これからちょっと芽衣の家に行ってくる」

「いまから？」

「うん。数学のノート借りるだけだから、二十分もあれば戻ってくるよ」

「じゃあ、気をつけて」

学校の部活や行事が軒並み中止になったことは、澪たちには不幸なことだった。せっかく女子サッカー同好会を作ってやる気になっているのに、大丈夫だろうか、と心配したが、杞憂《きゆう》だった。

「部活ができないのは澪の学校だけじゃない。みんなで乗り越えなきゃいけないことだし」

と、澪は意外にけろっとしていた。二年になって芽衣と同じクラスになれたことが幸いだったが、部員を集めるためにあれこれ仲間と動いたことも、澪にとって大きな自信になったようだ。

「乾杯」

「それに、せっかくだからこの際、勉強を頑張る。みんなに追いつかないといけないし」

二ヵ月近く休んでしまったことで、澪は学業に後れをとった。冬休みに補習を受けることでなんとか進級させてもらえたが、成績は惨憺《さんたん》たるありさまだった。

澪が学業に本腰を入れる気になったのは、もうひとつ理由がある。

「大学は女子サッカー部のあるところに行きたいんだ」

目標とする大学は既に決まっている。私立ではトップクラスの偏差値の学校だ。学部も多いし、運動部も活発で、女子サッカー部の強豪校でもある。

「芽衣たちと、大学は女子サッカーの盛んな学校で頑張ろう、って話してるんだ」

「いいね、その意気。あきらめなければ、きっと大丈夫だよ」

澪がやる気になってくれたことはこころから嬉しい。自分の昇進よりも何倍もありがたい、と駒子は思っている。

澪は冷蔵庫の麦茶をグラスに注ぎ、一気に飲み干すと「行ってきます」と、あわただしく出て行った。

澪が出て行くと、部屋は妙に静かに感じる。

達彦はナイフとフォークを使ってきれいに肉を切り分けている。肉の脂が皿の上にとろりとしみだしている。ナイフが皿にあたってカシャカシャと音を立てる、それだけが部屋に響いている。

ふと、駒子のこころになんとも言えない温かい気持ちがこみあげてきた。澪が元気で、仕事が順調で、家庭が平和である。なんとありがたいことだろう。

その想いを伝えたいのは誰か。ほかならぬ目の前の人だ。

「達彦」

「うん?」

達彦は皿の肉と格闘しながら生返事をした。

「ありがとう」

駒子が言うと、びっくりしたように手を止めた。

「えっ、なんのこと?」

「いろいろ。澪のことも、毎日の家事のことも。それから、いろいろ励ましてくれたことも。達彦がいなかったら、私は何もできていなかったと思う」

そう、いままでも達彦の機嫌がいいように、と心掛けてきた。だけど、ほんとうに伝えるべき言葉をまだちゃんと伝えていなかった。

「ありがとう」

「やだなあ、急にあらたまって」

達彦の顔はみるみる紅潮して、少し涙目になっている。言葉とは裏腹に、感情豊かな達彦は喜んでいるのだ。だが、照れ臭いのか、達彦は「乾杯しようよ」とグラスを手に取った。

「乾杯って、何に？」

昇進祝いの乾杯はすでに二回やっている。

「なんでもいいけど……そうだね、変わらない毎日に乾杯っていうのはどう？」

「そうね。それがいいわね」

変わらないけど、少しずつ変わっている。何もかもうまくはいかない。ひとつ課題をクリアしたと思ったら、また新しい課題が生まれてくる。

それを一生懸命こなしているうちに、日々は過ぎていく。

きっと、これからもそうなのだろう。だけど、自分はひとりではない。いろんな人の助けを借りながら、これからもそうして生きていくのだろう。

「じゃあ、変わらない毎日に、乾杯」

「乾杯」

ふたりのグラスがぶつかって、かちんと音がした。それは、自分たちの人生へのエールのようだ、と駒子は思っていた。

解説

斎藤美奈子

水上駒子《みなかみこまこ》は四二歳。社員五〇〇人の大手出版社に入社して二〇年。ここ五年は編集部門の後方支援部隊というべき書籍事業部の管理課長として、社内の雑用を五人の部下と一手に引き受けてきました。元フリーカメラマンの夫・達彦は専業主夫。一人娘の澪《みお》も高校生になり、多忙ながらも充実した日々を送っています。ところが、そこに下った突然の辞令。ある日、同期の岡村あずさとともに会議室に呼ばれた駒子は、いいわたされたのでした。

〈七月一日付でふたりを新規事業部所属とし、次長に昇進していただきます〉

中途半端な時期の昇進。しかも異例の次長二人体制。〈岡村さんには電子書籍と海外事業関係、水上さんには自費出版の方をやってもらおうと思います〉。その上で、新年度にはどちらかを部長に昇進させるというのです。

〈なんで今なんだろう？　それに、なんで私なわけ？〉

愚痴る駒子に夫の達彦は釘を刺します。

〈冗談でも、同じ会社の男連中の前では、部長になりたくないなんて言っちゃダメだよ〉〈男の嫉妬は怖いからね。注意した方がいいよ〉

『駒子さんは出世なんてしたくなかった』は、そんな風にはじまるお仕事小説です。多様な職種の女性を描いた職業小説は近年ずいぶん増えましたが、管理職の女性を主役にした作品は珍しいかもしれません。なぜでしょう。

考えられる理由のひとつは、大半の女性労働者が待遇差別や賃金差別で苦しんでいるのに、出世した女の話なんか読んでも（書いても）しょうがないでしょ、という思い込み。さらにまた、現実問題としてこの国には管理職の女性が少ない。いずれにしても原因は、私たちが暮らす社会そのものにありそうです。

最近ちょくちょく話題になるデータに「ジェンダーギャップ指数」というのがあります。これはスイスのシンクタンク「世界経済フォーラム」が二〇〇六年から調査している男女平等度を測る指標で、政治、経済、教育、健康の四分野を対象に毎年国別のランキングが発表されます。日本は長く総合一〇〇位あたりをうろうろしていたのですが、二〇二〇年には一二一位に転落、二一年は少し戻すも一五六カ国中一二〇位という不名誉な結果でした。

特に日本が立ち遅れているのは政治と経済の分野です。お察しの通り、政治分野では女性議員や女性大臣の極端な少なさが、経済の分野では、男女の賃金格差などに加え、女性管理職の少なさが影響しています。

国際労働機関（ＩＬＯ）の二〇一八年の調査によると、世界の管理職に占める女性の割合は二七・一％（トップはフィリピンで五一・五％、二位は米国で四〇・七％）。しかるに日本は一四・九％。また、女性管理職の割合は役職が上に行くほど下がり、一〇〇人以上の日本企業を対象にした一八年の調査では、係長級一八・三％、課長級一一・二％に対し、部長級はたった六・六％でした。

なにゆえ日本の企業は、女性管理職が少ないのか。『駒子さん〜』はその原因や背景を、あるいは彼女たちが抱える悩みをエンタテインメントの形で提示した稀《け》有《う》な作品といっていいでしょう。

実際ここには、同じ会社で働く何人もの女性が登場します。

まず主人公の水上駒子。職業人としての駒子の生活は、一見理想的に見えます。部下の信頼も得ているし、夫は専業主夫で家事に煩《わずら》わされることもありません。ですが、新しい部の次長に昇格したことで、一気にさまざまな問題が襲いかかってきた。〈「なんであのふたりが？」／「女だから贔屓されてるんじゃないの？」〉といった陰口は無視するとしても、刷新を目指していた俳句雑誌の編集者たちにはそっぽを向かれる、部下の使い込みは発覚する。その上、夫がカメラの仕事を再開したことで家庭生活にもひずみが生じ、娘の澪まで「学校を辞めたい」といいだした。なんだか踏んだり蹴ったり、です。

駒子とともに新規事業部の次長になった同期の岡村あずさは文芸三課の元課長。同期七人のうち女性は二人だったため、入社当時から何かと二人は比較されてきました。しかし駒子は独身でやり手の岡村が苦手です。〈仕事に女を使うことも躊躇しない〉との噂もあり、同じ部への異動だけでも憂鬱《ゆううつ》なのに、最初のプレゼンテーションで早くも水をあけられ、へこまずにはいられません。

花田瑠璃子は二年前に入社した新人ながら、文芸編集者としての実績はすでに十分すぎるほどでした。ところが彼女は上司からセクハラを受けたと告発したために、社内での立場を失ってしまった。〈花田、どうして会社を辞めないんだろうね〉という男たちの声も聞こえてくる。被害者は花田なのに！　義憤にかられた駒子は花田を自分の部署に引き取るのですが……。

人事部の宮園結理は駒子の二年先輩。駒子のよき相談相手ですが、人事部らしく事情通で、聞きたくなかった情報まで教えてくれます。いわく社内であなたは「名誉男性」といわれている、いわく女性を重要なポストにつけるのは会社のＰＲのためだ。〈この会社で女が出世したってろくなことはない〉と宮園はいいます。〈偉くなるほど面倒なことも増えそうだし、足を引っ張られるもの〉。そのくせ〈こうなった以上は頑張って。どんどん実績挙げて、岡村さんを出し抜いてあなたが部長になってよ〉とけしかける。気楽なものです。

そしてラスボスともいうべき、制作部長の木ノ内塔子。そろそろ六〇歳になる木ノ内は会社で唯一の女性部長。女性の出世頭ですが、岡村同様独身で、出世のためなら何でもする。かつて駒子が作家の求愛を拒否した際、〈女性編集者は、作家に恋愛感情をもたれてナンボ、よ。それをうまく利用しなさい〉といったのも木ノ内でした。〈この人とは、絶対合わない〉駒子はそう思っています。

こうしてみると、会社はまるで魑魅魍魎《ちみもうりょう》の巣窟《そうくつ》のよう。上を目指す少数の女性は出世のためにどんな手でも使い、そうではない大半の女性は安全圏から出ようとしない。そして男たちは、年長になるほど〈女の上司なんて、やってられるか〉という本音を隠し、彼女らの足を引っ張ろうとする。かくて〈責任ある仕事は男性に。／みんな当たり前のようにそう考える。女性が昇進できるのは、ほかに適任者がいなかった時か、まわりが無視できないほど突出した実績を挙げた時だけだ〉という体制がつくられます。

小説の舞台は出版社ですが、どんな会社も似たり寄ったりでしょう。
ですが、こうした「あるある」だけで、物語は終わりません。『駒子さんは～』

が本当にエキサイティングなのは、この後の展開があるからなのです。

　出世なんてしなくていいと考えて、いじいじしていた駒子を覚醒《かくせい》させたキッカケのひとつは、敬遠していたラスボス木ノ内の言葉でした。

〈おかしいと思わない？　課長以上に何人女性がいる？　部長以上は、私しかいないのよ。実際に部長や専務になっている人間を見なさい。みんなそんなに優秀な人間かしら？　自分の方ができるのに、と思う人もいっぱいいない？〉〈女性の管理職を増やしたいというのはね、女性の待遇を上げたいと思うだけじゃなくて、こんなに仕事が面白いってことをみんなに知ってほしいのよ〉

　自分しか見えていないと思っていた年長者の意外な言葉。

　もうひとつ、駒子に猛省を促したのは夫の言葉でした。もとはサッカー少女だったのに、不登校になり部屋に引きこもっている娘の澪。夫に家庭を任せっぱなしにしてきた駒子は、長期出張に出るという達彦をなじったあげく、痛いところを突かれたのでした。〈俺が仕事を再開しても、駒子さんはいままでどおりじゃない。俺が忙しいから少しは手伝おうとか、そういう発想はないわけ？〉。まったくです。

　自分の発想は妻の仕事を理解しないオヤジと同じだ。

　よく女の敵は女だとか、女同士の関係は難しいとかいいますが、本当なのでしょうか。会社は江戸時代の大奥じゃないんです。もしかしたらそれは、女性間の分断をもくろむ男性社会の陰謀かもしれない。社内の噂を根拠もなく信じていた駒子も、しだいに同性の同僚や先輩や部下の真意を考えはじめ、そうなってはじめて仕事はスムーズに動き出します。

〈誰かが出世しないと、いまの男性優位の体制は変わらないもの。花田さんの問題が起こった時だって、話し合いの場にもっと女性の管理職がいたら、状況が違ったと思うのよ〉と宮園結理はいいます。大切な視点です。

女性はみんな昇進を敬遠するけど、〈そういう人ばかりだと、状況は変わらない。誰かがそこを抜けて戦う勇気を持たないなら、女はいつまでたっても男と対等にはなれないわ〉とラスボス・木ノ内はいいます。正論です。

一方、新しく駒子の部署に来た子育て中の吉田留美は、〈私も子育てしながら仕事をしてきたのよ。ほかの上司より理解があるとは思わなかった?〉と問う駒子に対して首を横に振ります。〈そうとは限りません。『私はもっとたいへんな状況を頑張ってきた』って語る先輩もいますから〉。たしかにね。

しかし、吉田留美の一件で、駒子は在宅ワークの可能性に気づくのですから、ヒントはどこにあるかわからない。

一般に、女性の意見が正当に反映されるには、全体の三〇％以上を女性が占めることが必要だといわれます（三〇％とは存在が無視できなくなる分岐点とされる比率で、「クリティカル・マス」と呼ばれます）。〇三年、小泉政権の時代に日本政府も「二〇二〇年までに官民の指導的地位に女性が占める割合を少なくとも三〇％にする」という目標を掲げました。結局この数字は達成できず、目標は「二〇三〇年までの努力目標」に変更されてしまいましたが、なぜ三〇％以上の女性管理職が必要かといえば、女性が抱える問題を解決するためにほかなりません。

駒子の会社もおそらくクリティカル・マスを達成してはいないでしょう。ゆえに彼女たちは孤立し、ひとりで闘わなければならなかった。

けれども駒子が格闘し、周囲が協力したことで事態は確実に前進した。何事であれ、状況を変えるには仲間が必要なのです。サッカーで挫折した澪の前途が開けたのも、仲間の存在ゆえでした（澪が憤慨していた都立高校入試の男女別定員制も、二一年九月、段階的に廃止することが発表されました）。

出世なんてしたくなかった駒子さんの、これは成長の物語です。同時にこれはすべての働く女性に向けられたエールでもあります。ジェンダーギャップもクリティカル・マスも単なる数字ではないことに、読者はあらためて気づくでしょう。

（文芸評論家）

本書はキノブックスより二〇一八年二月に発刊された作品を、
加筆・修正し、文庫化したものです。

著者紹介
碧野　圭（あおの　けい）
愛知県生まれ。東京学芸大学教育学部卒業。フリーライター、出版社勤務を経て、2006年、『辞めない理由』で作家デビュー。書店や出版社など本に関わる仕事をする人たちのおすすめ本を集めて行われる夏の文庫フェア「ナツヨム2012」で、『書店ガール』が１位に。2014年、『書店ガール３』で静岡書店大賞「映像化したい文庫部門」大賞受賞。著書に、フィギュアスケートの世界を描いた『スケートボーイズ』や「銀盤のトレース」シリーズ、「菜の花食堂のささやかな事件簿」シリーズ、『書店員と二つの罪』、『凜として弓を引く』などがある。

ＰＨＰ文芸文庫　駒子さんは出世なんてしたくなかった

2021年11月18日　第１版第１刷

著　者　碧　野　圭
発行者　永　田　貴　之
発行所　株式会社ＰＨＰ研究所
東京本部　〒135-8137 江東区豊洲5-6-52
第三制作部　☎03-3520-9620（編集）
普及部　☎03-3520-9630（販売）
京都本部　〒601-8411 京都市南区西九条北ノ内町11
PHP INTERFACE　https://www.php.co.jp/
組　版　朝日メディアインターナショナル株式会社
印刷所　大日本印刷株式会社
製本所　東京美術紙工協業組合

ISBN978-4-569-90169-5

PHP文芸文庫

書店ガール 2

最強のふたり

碧野圭 著

新たな店に店長としてスカウトされた理子が抱える苦悩。一方、亜紀は妊娠・出産を控え……。書店を舞台としたお仕事小説待望の第2弾。

PHP文芸文庫

書店ガール 3

託された一冊

碧野 圭 著

東日本エリア長となった理子が東北の書店で見たものとは。一方亜紀は出産後、慣れない経済書の担当となり……。大ヒットシリーズ第3弾。

PHP文芸文庫

書店ガール 4

パンと就活

碧野 圭 著

本屋に就職するか迷うバイトの愛奈。正社員かつ店長に抜擢された彩加。理子と亜紀に憧れる新たな世代の書店ガールたちの活躍が始まる！

PHP文芸文庫

書店ガール 5

ラノベとブンガク

碧野 圭 著

取手店の店長になった彩加は業績不振に頭を悩ませていた。そこに現れたラノベ編集者の伸光による意外な提案とは。人気シリーズ第5弾。

PHP文芸文庫

書店ガール6

遅れて来た客

碧野 圭 著

彩加の任された取手店が閉店を告げられる？　一方、伸光は担当作品のアニメ化の話が舞い込み……。書店を舞台としたお仕事小説第6弾。

PHP文芸文庫

書店ガール 7

旅立ち

碧野 圭 著

理子、亜紀、彩加、愛奈。4人の書店ガールたちが、葛藤と奮闘の末に見出したそれぞれの道とは。大人気シリーズ、堂々の完結編。

PHP文芸文庫

美人のつくり方

椰月美智子 著

あなたの第一印象、そのままでいいですか？　イメージコンサルタントに「きれいになりたい」と相談した人たちの心情を描く連作小説。

PHP文芸文庫

第6回京都本大賞受賞作

異邦人《いりびと》

原田マハ 著

京都の移ろう四季を背景に、若き画家の才能をめぐる人々の「業」を描いた著者新境地のアート小説にして衝撃作。